JN151839

王太子の最愛姫

亡国の元王女は隣国で初めての恋を知る

高岡未来

ポプラ文庫ピュアフル

Beloved Princess of the Dauphin

Contents

Beloved Princess of
the Dauphin

王太子の最愛姫

亡国の元王女は
隣国で初めての恋を知る

高岡未来

序章

重苦しい雲に覆われる王都の上を、鳥たちが飛んでいく。

まるでこれから起こる凶事から逃げ出すかのように。

大陸暦一七七四年、ゲルンヴィッテ王国、王都——。

否、その名はもう、ない。前年に南隣のマイス王国との間に勃発《ぼっぱつ》した戦は、王の死亡によるゲルンヴィッテの敗戦という形で幕を下ろした。

そして今まさにこれから、マイス軍によって一人の女の刑が執行されようとしていた。

「これより、ゲルンヴィッテ王国第二王女、フォルティーナ・メル・ゲルンヴィッテの絞首刑を執行する」

刑吏《けいり》が声を響かせるこの場所は、旧ゲルンヴィッテ宮殿の庭園を望む広場だ。

集まった者たちの視線が、敗戦国の元王女へ集まる。

まだ十六歳という若さの彼女の白い肌は染み一つなく、後ろで縛られた両手は労働とは無縁の身分だと分かる滑《なめ》らかさ。金の髪は色褪《あ》せることなく、曇天《どんてん》の下でもその輝きを損なっていなかった。

彼女の纏《まと》う灰色のドレスを風がはらりと揺らす。

刑吏がフォルティーナの背を押した。

彼女の足が絞首台へ続く三段の階段を踏むたびに、ギイという音が響く。

フォルティーナの首に縄がかけられた。

この刑の見届け役たちは執行人がレバーを引く時を静かに待つ。

ゲルンヴィッテ王の娘の足場が開き、自重によって縄が首に食い込み、気道を圧迫して死に至る瞬間を。ゲルンヴィッテ王の娘がこと切れるその時を。

「やれ」

金茶色の髪を持つ男が合図を出した。

執行人の男がレバーに手をかけ、動かしかけたその時――。

「待て！　フォルティーナ姫の処刑を今すぐにやめろ！」

大きな声が広場を震わせた。

動揺と困惑、僅《わず》かな苛立ち。それらの感情が入り乱れる中に割って入ったのは、部下を引き連れた厳しい表情の青年。

フォルティーナの、ライラックにも似た赤がかった瞳が、その男の姿を映し出す。

濡《ぬ》れ羽《ば》色の髪を持ち、上等な衣服に身を包んだ、すらりとした体躯《たいく》の青年であった。

ルートヴィヒ・ギデノルト。

この予期せぬ再会がきっかけとなり、娘――フォルティーナは運命を大きく変えることになる。

第1章

それは、時を遡《さかのぼ》ること一年、大陸暦一七七三年秋のこと。

この日、ゲルンヴィッテ王国の王都に立つ宮殿のさらに奥にひっそりと佇《たたず》む離れの塔を訪れる者があった。金の髪をたなびかせながら娘は断りもなく扉を開ける。

「フォルティーナ、あなたってば相変わらず陰気な娘ね」

「何のご用でしょうか。お姉様」

一つ年上の姉ハイディーンの訪れに、窓辺で刺繡《ししゅう》をしていたフォルティーナは顔を上げた。

「見てちょうだい。今度の夜会用にお父様がわたくしのために買ってくださった宝飾品が先ほど届けられたのよ。とっても素敵でしょう？」

喜びに溢《あふ》れた声を出しながらハイディーンがその場でくるりと回った。

金とルビーで作られた首飾りと耳飾り。それから腕輪と指輪をフォルティーナに見せびらかしながら彼女はふふんと胸を張る。

「ふふふ。素敵なパリュールでしょう。王都で、いいえ、この国で一番と名高い工房で作らせたのよ」

同じ意匠《いしょう》で作られた複数の種類の宝飾品から成る、パリュールと呼ばれるセットが世間では流行っているのだそうだ。

「わたくしにとってもよく似合っているでしょう。今度、戦勝を祝う夜会があるの。我がゲルンヴィッテ軍がパルゼアノン砦での戦いで勝利を収めたのですって」

上機嫌で語るハイディーンを見つめながらフォルティーナは先日父が話していた内容を思い出していた。

ゲルンヴィッテの国王である父が夏の手前に始めた南の隣国マイスとの領土を巡る戦において優勢なのだと誇っていたことを。

「あなたにも、戦勝会の招待状は届いていて？」

「いいえ」

フォルティーナは首を小さく左右へ動かした。

すると、ハイディーンが唇の両端を持ち上げる。

「まあ、仮にも第二王女だというのに夜会への出席も認められないだなんて、フォルティーナって本当に可哀そうな子。でも、仕方がないわね。あなたは何をさせても不器用で無作法で、容姿だってわたくしに比べたら劣っているもの。お父様が隠したがるのも無理はないわ」

ハイディーンは妹を見下ろし、くすくすと笑いながら夜会がどれほど煌《きら》びやかで楽しくて刺激に満ちているのかを語り始める。

外の世界よりも、フォルティーナには気にかかることがあった。

「あの……。お父様はこちらへお姉様がいらしていることをご存じなのですか？」

そう口にした途端に彼女の顔から色が消えた。

数拍置いたのち、ハイディーンが口を開きかけようとしたのと同時に、バタンと扉を開く無遠慮な音が室内に響いた。

「ハイディーン。おまえは妹の住まう離れで何をしている？」

威圧的な声を響かせながらずかずかと入室してきたのは、茶色にも見える濃い金髪を後ろに撫でつけた壮年の男だ。

男は姉妹のすぐ側までやってきたのち、鋭い目つきで二人を見下ろした。

「お父様……」

言いつけを破った自覚があるのだろう。彼女はそれから逃れるように視線を彷徨《さまよ》わせる。

この国の王であり二人の父でもある男はハイディーンのパリュールに目を留めた。そして不機嫌な声で続ける。

「何度も言っておるだろう。フォルティーナに外の知識を、余計なことを吹き込む真似をするな。それでこの娘が外の世界に興味を持ったらどうしてくれるのだ」

「お父様がこの出来損ないを隠したがっているのは分かっています。ですから、わたくしはこの子にわたくしとの扱いの差を示そうとしたのですわ。今度の戦勝を祝う夜会だって、皆を労《ねぎら》うのはわたくしの役目なのだと」

ハイディーンはゲルンヴィッテ王の関心を引こうとするようにまくし立てた。

一方彼は表情を崩さぬまま娘を見下ろす。

「おまえの美しさは余を含めたこの国の者たちが分かっておる」

「本当ですの、お父様」

ハイディーンがパッと表情を明るくさせた。

「もちろんだ。宮殿のサロンへ行け。今日もおまえと話がしたいと貴族たちが詰めかけておるぞ」

ほんの僅かに声を和らげたゲルンヴィッテ王の言葉に気をよくしたのか、ハイディーンが喜色に染まった声を出す。

「まあ！　仕方のない人たちですわね。おおかた今度の夜会で踊る順番について、わたくしから色よい返事を引き出したいのですわ。お父様、こたびの勝利お祝い申し上げますわ。この調子でいけば聖ハイスマール帝国の再興も夢ではありませんわね」

「ようやくここまで来たのだ。あとはマイス王国を手中に収めたのちにギデノルト王国を支配すれば、かの帝国が瓦解《がかい》したのちに多くの王たちが夢見た聖ハイスマール帝国の再興が叶うのだ！」

ゲルンヴィッテ王が薄青の瞳を爛々《らんらん》と輝かせた。

それは彼の悲願。否、かの帝国が瓦解したあとの時代の、数多《あまた》の王たちの夢であった。

今から約百二十年前のこと。大陸北西部に広大な領土を有していた聖ハイスマール帝国が瓦解した。

政《まつりごと》を担う中枢《ちゅうすう》の権力闘争と継承問題、帝国内の領邦国家の独立など、複数の要因が絡み合い起こった争いの結果であった。

その後、旧帝国は複数の王国や公国、自治都市に分裂し、各々が平和に国や都市を治めていた。

しかし、世代交代が進むにつれ、彼らはかつて存在した帝国の再興に想いを馳《は》せるようになった。

一つの国が隣国に侵入すると、聖ハイスマール帝国の再興という夢に取りつかれた王たちによる領土争いが周辺各国へ飛び火した。

この百二十年の間に停戦と再戦を繰り返し、旧聖ハイスマール帝国領土内の勢力図は幾度も書き換えられていた。

それは、時が流れフォルティーナが生を受けた現代においても変わりはなく。

——聖ハイスマール帝国の再興をこの手で。新たな帝国の初代皇帝の座を余のものに——


先王が叶えることのできなかった夢を余の代で、との野望に燃えるゲルンヴィッテ王は、旧帝国の支配地域を己が領土として組み込んでいった。

「マイス王国もじきに我がゲルンヴィッテ王国の軍門に下りましょう。そうなればお父様の悲願に一歩近付きますわ」

ハイディーンが軽やかな声で父王を褒めたたえる。

「ああ、そうだとも。次の夜会は前祝いだ」

機嫌をよくしたゲルンヴィッテ王は「さあ、おまえはもう行け」とハイディーンに退室を促《うなが》した。

扉をくぐる直前、ハイディーンが問いかける。

「お父様。今夜の晩餐《ばんさん》はご一緒できまして？」

「今日は特に公用は入っておらぬ。いつもの通りフォルティーナと食事する予定だ」

ゲルンヴィッテ王が返した途端に、ハイディーンは柳眉《りゅうび》を鋭く持ち上げフォルティーナを睨みつけた。しかし父に逆らう気はないようで大人しく出ていった。

侍従が扉が閉めれば父と娘、二人きりの空間となった。

「さて、フォルティーナよ。分かっておるな」

「はい。わたしはお姉様とは違い、表に出る価値などございません」

フォルティーナはいつものように父が望む答えを口にする。これ以外は許されていなかった。もちろん口答えも。

「おまえはあれとは違う。おまえの価値は、余の側に仕えること以外、何もない。外へ興味など持つな。おまえの世界は余が全てだ。余のことだけを考えろ」

「存じています、お父様」

今日もフォルティーナは従順に頷く。

「フォルティーナよ。おまえは他の王族よりも劣っている」

「はい」

「だが、おまえの不出来さを憐《あわ》れんだ古《いにしえ》の神は、おまえに祝福をくださった。分かっておるな、フォルティーナ。おまえは余のために祝福を使うべく生かされているのだ。それが劣ったおまえの役目であり、生きる意味だ」

「はい。お父様」

物心ついた頃から何十回、何百回と言われ続けてきた言葉。今日もフォルティーナは従順に頷いた。

きっと、この塔を見張る誰かがハイディーンの訪れを王に知らせたのだ。慌てて塔を訪れたゲルンヴィッテ王はいつもと同じように娘を言葉で縛りつけたあと去っていった。

再び静寂が訪れる。止めていた針を動かせば、布の上に鮮やかな花が生まれる。

宮殿の奥に隠れ住むフォルティーナのもとを訪れる者はほぼいない。

健康維持のため塔の周囲を散歩する以外、外へ出ることもない。

まだほんの小さな頃からこのような暮らしだった。

ゲルンヴィッテ王はフォルティーナが彼以外の人間に愛着を持つことをことさら厭《いと》っていた。物心つく前から世話係は数か月に一度の頻度で入れ替わった。母や姉からも隔絶された。周囲の者は王の怒りを恐れ、フォルティーナを遠巻きにする。必要以上に声をかけない。乳母《うば》も侍女も雑役婦《ざつえきふ》も教師も、皆よそよそしい態度を貫いた。

ハイディーンとフォルティーナは同じ母の胎《はら》から生まれた。

にもかかわらず、フォルティーナだけが宮殿の奥から一歩も外へ出ることを許されていない。

幼い頃、尋ねた。「どうしてわたしだけみんなと一緒に暮らせないの？」と。

ぐすぐすと泣く娘に、ゲルンヴィッテ王は先ほどと同じ言葉を繰り返した。「おまえは他の王族よりも劣っている」「おまえは余のために生き、祝福の力を使わねばならないのだ」と。

フォルティーナを生んだ王妃は、姉妹を隔てなく育てたいと夫に必死に訴えたそうだ。しかし、もとは寒村の生まれで貴族の家の養女となったのちに王妃として迎え入れられた女の訴えにゲルンヴィッテ王が耳を貸すことはなかった。

王妃である母は人目を忍んではフォルティーナに会いに来て「わたしの血のせいであなたに悲しい思いをさせてしまってごめんなさい」と謝った。

優しかった母は、フォルティーナが八歳になった頃に姿を見せなくなった。

三か月が過ぎた頃、知らされた。病で死んだのだと。

「わたしとお姉様はあまり似ていない……」

夕暮れ時の窓辺に立ったフォルティーナはガラスに映し出された己の姿を見つめた。

太陽の光を紡いだような輝く金の髪とライラックのような淡い赤紫色の瞳は姉妹に共通している。目鼻立ちがはっきりしたハイディーンの顔立ちに比べると、フォルティーナは薄ぼんやりした印象である。

姉妹にはもう一つ違いがあった。

フォルティーナにのみ、左の足首に痣《あざ》があった。それこそが古の神の祝福の証なのだそうだ。出来損ないの自分が唯一授かった奇跡の力。王女として父王の役に立てないフォルティーナに課せられた、たった一つの役割。

そのためにフォルティーナは生かされていた。


ゲルンヴィッテ王はフォルティーナが少しでも宮殿の外への好奇心を示せば、何に影響を受けたのだと激しく詰問《きつもん》した。原因が人であれば罰せられ、物であれば壊されたり隠されたりした。いつの頃からかフォルティーナは外への興味を表に出すことをやめた。

それでも暇つぶしのためにと裁縫道具や聖ハイスマール帝国に関わる歴史書や古典が与えられたのだから幸せと言えよう。

人の寄りつかぬ離れの塔へ届く情報はあまりに少なく、フォルティーナは変わらぬ日々を繰り返していた。

そのような中、小さな変化があった。ハイディーンの訪れがぷつりと途絶えたのだ。

それから少し経過したある日のこと、武装したゲルンヴィッテ王が姿を見せた。

「おまえを迎えに来た。余と共に来い」

「来いとは……どちらに？」

「おまえは余の言う通りにしていればいいのだ」

今まで頑なに外へ出そうとしなかったのに一体どうしたというのだろう。訝《いぶか》しんだが、理由は比較的早く知ることができた。

——国境線を突破されて以降、我が軍は戦線を後退させられたままだ——

——このままでは王都陥落も現実味を帯びてくるのでは——

——静かに。そのような物騒なことを口にするな——

——しかし、マイス王国沿いの領主たちが彼らと密約を交わしたという噂もあるではないか——

マイス王国との戦いの前線が王都へと迫りつつあったのだ。

出陣したゲルンヴィッテ王に連れられ、生まれて初めて宮殿の外に出たフォルティーナの耳に家臣や軍人たちが噂する声が届いた。

当初猛攻を仕掛けていたゲルンヴィッテ王国は、しかしマイス王国に反撃され、次第に押し返されるようになっていった。

マイスとの開戦からすでに一年。劣勢に立たされてもなおゲルンヴィッテ王は、旧聖ハイスマール帝国再興の夢に取りつかれていた。

それは砦の四方をマイス王国軍に包囲されても同じであった。

敗戦の空気が色濃く漂う砦の最奥の間に立てこもりながらも、ゲルンヴィッテ王は「まだだ。余は諦めるものか」という台詞を繰り返していた。

そして運命が分かたれた日。

その日の詳細について、フォルティーナはあまり覚えていなかった。

立てこもっている部屋まで届いた、何かを壊す鈍い音。外を見張る歩哨《ほしょう》の切迫した報告。砦が破られたことへの動揺。そこかしこであがる嘆きの声と悲鳴。

混乱が続いた。人々が忙しなく動いた。ゲルンヴィッテ王の怒号を耳が拾った。事ここに至ってもまだ負けを認めぬ王に、誰かが悲鳴じみた声で嘆願した。

それを彼は切り捨てた。その男の胸を剣で貫いて、あっさりと。

「余の盾となれ！　マイス軍を一人でも多く討ち取れ！」

そう叫ぶ王に家臣の一人が叫んだ。

「もう付き合いきれませぬ！」

それがゲルンヴィッテを崩壊へと導く最後の一手であったのだろう。

マイス軍が差し迫るさなか、フォルティーナは家臣たちによって王から引き離された。

「フォルティーナを置いていけ！　あれは余のものだ！」

ゲルンヴィッテ王の怒号が響いた。しかし、彼の命令に耳を貸す者は誰もいなかった。

否、それどころではなかった。砦が破られたのだから。

家臣らの目的は、第二王女を差し出すことによるマイス軍への命乞い。

ゲルンヴィッテ王の死を告げられたのは、その翌日のことであった。

父の死を知らされた翌日、フォルティーナは宮殿近くの建物へ移送された。

収容されたのは、ひんやりとした石壁に囲まれた粗末な部屋だ。

——劣っているおまえを憐れんだ女神と余がおまえに慈悲をくれてやったおかげで、何不自由のない生活が送れているのだ——

硬い寝台の上でうずくまるフォルティーナの頭の中に父の声が何度も蘇《よみがえ》る。

肝心な時に役に立つことができなかった。己は彼の役に立つためだけに生かされていたというのに、一番大事な時に側にいることができなかった。

（どうして……。どうして何の力も発現しなかったの？）

フォルティーナは何度も問うた。

人も、神も、誰も何も答えてくれない。

父は言った。おまえには古の時代の神——女の神だったと言い伝えられている——から授かった祝福の印があるのだと。

母は言った。陛下は妄信しているけれど最後に祝福の力らしきものが発現したのは、二百年以上も前だと聞いた。そのようなもの、おとぎ話と変わりはしないと。

（わたしには確かに痣があるけれど……。お父様の死に気付くことができなかった。これまで一度だって祝福の力の使い方について女神から啓示《けいじ》を受けたこともなかった）

家臣たちによってゲルンヴィッテ王から引き離されたフォルティーナは祈り続けた。王の身の安全を。どうか無事でいてくれと。

しかし、その願いも虚しく、ゲルンヴィッテ王は命を散らした。

王の侍従だった一人のゲルンヴィッテ人がフォルティーナのもとを訪れ、その最期について語ったのだから間違いない。

世間では古い神はとっくに忘れ去られていた。

ゲルンヴィッテを含む大陸の多くの国々では、そのあとの時代に広まった神を信じている。教会は、この神のみを唯一とし崇敬するよう説いている。

父もフォルティーナも、教会にて洗礼を受けた。

今よりもっと前の時代、教会の教えを守らない者たちは異端と見なされ厳罰に処せられていたそうだ。

塔を訪れる教師から教えられる教義とゲルンヴィッテ王の言動。混乱したフォルティーナは一度尋ねたことがあった。どちらを信じればいいのかと。

――古い神を追い払ったのが今の教会だ。どちらも存在すると思っておけばいい――

それは教会を軽んじる発言だったが、幼いフォルティーナはそういうものなのかと折り合いをつけた。

聖ハイスマール帝国の再興という野望に取りつかれたゲルンヴィッテ王はいつ古い言い伝えを知ったのだろう。

きっと奇跡を起こせるなら、縋《すが》る相手は何でもよかったのだろう。

——陛下は、おとぎ話に魅せられ、祝福を授けられたいとし子の家系だと言い伝えられているわたしを王都へ連れ帰った。祝福の印を持つ子をわたしに産ませるために——

王妃である母は、王や侍従たちの目を盗んではフォルティーナに会いに来た。迷信を信じるゲルンヴィッテ王のせいで娘が宮殿の奥に閉じ込められていることを彼女は憐れんでいた。

——もしも本当にそんな力があったのだとしても……陛下のやり方で祝福の力が発現するだなんて、わたしには思えない。陛下のやり方はむしろ祝福を遠ざけている。そう何度も進言したのに……——

母は何度もフォルティーナの頭を撫でてくれた。そしてこの血のせいで娘が不自由な思いをしていることを悲しんだ。祝福など現実ではあり得ないと考えていたのだ。

「お母様の方が……正しかったのかしら——……」

ぽつりと零《こぼ》れた呟きは、誰にも聞かれることなく冷たい壁に吸い込まれた。

真実は分からない。

胸の中に生まれたのは罪悪感だった。何の価値もない己が何不自由なく暮らすことができたのは、ゲルンヴィッテ王から与えられた使命があったからだ。

それを果たすことができなかったくせに、今もフォルティーナはのうのうと生きている。

「でも……きっと、わたしもすぐにお父様の側に行くことができるはず」

この身はマイス軍のもとにある。かの国もまた旧聖ハイスマール帝国の再興を掲げているのだと、ゲルンヴィッテ王は忌々《いまいま》しげに話していた。

それから、帝国を復活させるにあたっては各王家の直系の人間が邪魔になるのだとも。王権を剝《は》ぎ取るだけでは心許《こころもと》ないのだそうだ。

おそらくマイス王家も同じ考えを持っているに違いない。王家の血を絶つために、フォルティーナに死んだゲルンヴィッテ王と同じ場所へ行けと命じるに決まっている。

「だったら……それで、いい」

フォルティーナはそう呟いたのち目をつむった。


変化は、その二日後に訪れた。

フォルティーナが収容された部屋の扉が乱暴に開け放たれた。

再度尋問が行われるのだろうか。捕らわれた時にハイディーンの行方などを問われたが、何も答えることができなかった。

ずかずかと入り込んできたのは三人の男たちだ。まだ若く、軍服を纏っている。

そのうちの一人が口を開いた。

「これがゲルンヴィッテ王の二番目の娘か。ふうん。まあまあ見られる顔じゃないか。ハイディーン姫の絵姿からは気位の高さが見てとれたが……こっちの方は従順そうだ」

真ん中の薄茶色の髪の男はフォルティーナを上から下まで眺めた。二十を少し超えたであろうその青年のにたりとした目つきに、フォルティーナは頬を無意識に強張《こわば》らせた。

「ゲルンヴィッテ王がことさら大事に囲っていたと聞いている。何しろ、負け戦の最後の悪あがきの場所にまで連れていったのだからな」

「あの王はこの娘のことを、幸運の娘だと言いふらしていたのだそうですよ」

別の男がせせら笑いながら言い添えた。

「はっ。幸運の娘ねえ……」

薄茶の髪の男も同じように笑いながらフォルティーナが座り込む寝台のすぐ前へやってきた。そしてフォルティーナの腕を掴み、自身へ向け強く引き寄せる。

「おまえはどんな幸運を持っている？」

「……」

沈黙で返してしまう。今の自分には何もないのだから。

「ちっ。話に聞く通り、何の反応も示さない女だ。それともお高くとまっているのか？その涼しい顔がいつまで保つか見物だな」

その言葉と同時に薄茶の髪の男はフォルティーナを後ろへ押し倒した。

寝台の上に仰向けになった。こちらを見下ろす男の二つの瞳の中に、得体の知れないほの暗い光を見つけた。

それがどのような類のものなのか、フォルティーナは知る由《よし》もない。

「さあ、お楽しみといこうじゃないか」

「……よろしいのですか？」

「俺はこたびの戦でアルヌーフ殿下のお役に立ったんだ。味見くらい許されるさ」

別の男の遠慮がちな声かけに、寝台に上がった男が機嫌よく答えた。

「おまえらは両腕を押さえろ」

命じられた男二人が寝台の両端に位置取った。フォルティーナは磔《はりつけ》にされるかのように両腕を押さえつけられた。

男三人の視線に晒《さら》される。得体の知れぬ視線に本能が戦慄《わなな》いた。

拘束から逃れようと腕を動かそうとするもぴくりともしない。何が始まるのかも分からないのに頭の奥で警鐘《けいしょう》が鳴り響く。

足を動かそうとした矢先、寝台の上に身を乗せた薄茶の髪の男がフォルティーナのスカートの裾をまくり上げる。

「やっ……」

唇を戦慄かせるフォルティーナを見下ろす男が舌なめずりをする。

「ふうん……。いい反応じゃないか」

男は断りもなくフォルティーナの白い足を撫で回す。

「……っ！」

唇は固まり何も発せないが、心の中で本能が拒絶の言葉を叫ぶ。

怖い。嫌だ。やめて。放して。

フォルティーナは愕然《がくぜん》とした。

死を受け入れたはずなのに。どうして怖いと感じるの。そんなの許されるはずないのに、震える心を止めることができない。

「いや……やめ……て……」

唇から漏れるのは恐怖に慄《おのの》く拒絶の言葉。

「さあ、楽しもうぜ。お姫様」

衣服の胸元が乱雑に解かれ、ビリリと布を引き裂く音がこだました。

歯がカタカタと鳴った。

「い……や……」

これから何が行われるのか全く想像もつかないのに、男三人の下卑《げび》た笑いに体が震える。

怖い。怖い。怖い――。

この男たちから逃げなければ取り返しのつかないことになる。

その時――。

「何をしている！」

突如大きな男の声が聞こえた。その直後、片方の腕から圧迫感が消えたと思ったら、ガタンガタンという何かが床の上に落とされるような音を耳が拾い、思わず目をつむった。

次に目を開けた時、フォルティーナは体の自由を取り戻していた。

体の上に覆いかぶさっていた男の姿もなかった。

動悸《どうき》が止まらないフォルティーナの頭上から軽蔑を隠しもしない男の声が聞こえてくる。

「マイス軍は随分と下劣な集団に成り下がったのだな」

「なっ――……んだ、貴様は。俺がアルデンス公爵家の人間だと知っていての狼藉《ろうぜき》か？」

「おまえの方こそ言葉と態度に気をつけろ！　ギデノルト王国のルートヴィヒ王太子殿下の御前であるぞ！」

「ま……さか……！」

誰かが愕然とした声を出した。

「おまえたち、この男たちを連れていけ」

それは人に命じることに慣れた声だった。

三人の男たちはルートヴィヒ王太子の名前に観念したのか抵抗しなかった。

やがて室内はもとの静けさに包まれた。

ようやく動悸が収まったフォルティーナはゆっくりと体を起こした。

「あの……」

黒髪の青年と目が合ったものの、すぐに彼は顔を横に向けてしまう。

彼は「これを羽織れ」と言いながら今しがたまで纏っていた暗い色の上着を差し出してきた。その声から、この青年こそがルートヴィヒなのだと理解する。

「私の上着で悪いが、ないよりはましだ」

フォルティーナは自分の体を見下ろした。胸元の生地がビリリと破かれ、下着が見えている。ありがたく受け取った上着を羽織り胸元を隠すために釦《ボタン》を留めた。

「あ……り……がとう……ござい……ます」

恐怖の名残かまだ唇が上手く動いてくれず、お礼の言葉はぎこちないものになってしまった。

ルートヴィヒが再度フォルティーナに向き直る。

十六歳のフォルティーナより五、六歳年上であろうまだ若い青年だった。

黒髪は薄暗い室内であっても艶めいており、奥二重の瞳は叡智《えいち》を宿したような涼やかさを醸《かも》し出していた。

彼は瞳に怒りの色を湛《たた》え「まさか軍の規範となるべき将校階級の男たちがあのような下劣さを有しているとは思わなかった」と吐き捨て、声を和らげて続けた。

「私はギデノルト王の息子ルートヴィヒだ。中立の立場からこたびの戦の戦後処理に立ち会ってほしいと要請を受けて、先日からゲルンヴィッテに滞在している。今日は捕虜《ほりょ》の待遇について抜き打ち査察を行ったのだが……間に合ってよかった」

フォルティーナはぼんやりと彼の顔を見上げた。

「今回のような卑劣な暴力が二度と起こらないようにさせる。ひとまず部屋を移った方がいい。同じ部屋では気が休まらないだろう」

その眼差しと声はまるで冬の寒さに凍え固まるフォルティーナを溶かそうとするかのようだった。そのような譬《たと》えが思い浮かぶほどに心が冷えきっていたのだ。

身の安全が戻ったからこそフォルティーナは自分の心の内を分析し、生き汚さを痛感することとなった。

（次はきちんと死を受け入れる……）

ゲルンヴィッテ王はフォルティーナが生き残ったことに立腹しているだろうから。

フォルティーナに絞首刑が言い渡されたのは、その翌日のことであった。


ルートヴィヒの声があと数秒遅れていれば、フォルティーナはゲルンヴィッテ王と同じ場所へ行けるはずだった。

しかし何の運命のいたずらか、フォルティーナは再び同じ人間に命を救われてしまった。

それだけではない。狭く冷たい小部屋から連れ出され、温かな食事と清潔な衣服まで与えられた。囚われの身から一転し、客人のごとき好待遇となったのだ。

それから二日が経過した午後。

フォルティーナは窓の外を眺めていた。頭の中をよぎるのは、絞首台から助け出された時のこと。

「すまない、フォルティーナ姫。私が宮殿を留守にした隙にこのようなことになってしまった」

そう言いながら自ら絞首台へと上がりフォルティーナの首から縄を外した青年の名前を、

フォルティーナは最初思い出すことができなかった。

絞首刑に集まった者の一人の「ルートヴィヒ王子！」という憤《いきどお》る声で先日も助けてくれた青年の名を思い出した。

彼はフォルティーナを安心させるためか口に笑みを形作ったあと、絞首台の手前まで進み出た金茶色の髪の年若い男に目をやった。

「何、勝手なことをしている？　この女は罪人であるぞ！」

刃物のような鋭い声でルートヴィヒを詰問する男こそが、ゲルンヴィッテ王が戦ったマイス王国の王太子、アルヌーフ王子。私は先日、フォルティーナ王女への不当な罰が行われている場面に遭遇した」

「アルヌーフであった。

ルートヴィヒは「失礼」とフォルティーナに断りを入れたあと、その体を抱き上げ絞首台から降りた。

石畳の上に両足が着く。直後、彼の騎士であろう人物が側へ寄ってきた。

ルートヴィヒは騎士に小さく頷いたのち、広場に集まる人々へと足を向けた。

そして一人の男の前で止まる。

「アルデンス公爵家の者だったな」

名指しされたのは数日前にフォルティーナを寝台の上に押し倒した薄茶の髪の男だった。

鋭い目で射すくめられた男の顔から血の気が引いた。

絞首刑を見物しに来ていた者たちが二人から距離を取る。

「さて、アルデンス公爵家の者よ。過日の件、まさか忘れたわけではあるまいな。私は当然のことながら、おまえの顔をきちんと覚えている」

「……そ、それは……」

詰問されたアルデンス公爵家の男はぶるぶると震え始めた。

唇を引き結ぶ男に代わり、二人に歩み寄ったアルヌーフが口を大きく開けた。

「私の部下であるこの男、アルデンスはそこの娘に暴力を振るわれたのだ！」

「アルデンス公爵家子息への暴行罪というのがフォルティーナ王女の罪状だったな」

「ああそうだ。傷だって残っているぞ！」

「私は今回、中立の立場からマイスとゲルンヴィッテの戦後処理の立ち会いに訪れた。数日前、捕虜への不当な扱いがないか私は部下と共に抜き打ち査察を行った。そうだったな、バルナー」

ルートヴィヒが問いかけた直後、近くに立つ青年が「左様でございます」と頷いた。

「そのさなか、私は一人の捕虜の女性の不運に遭遇した」

そこで一度話を区切ったルートヴィヒは、顔の向きをアルデンス公爵家の男へ変えた。

「おまえはフォルティーナ王女に無体を働こうとし、それを私に制止された。おまえの体に傷があるというのなら、それはおまえを制止しようとした私のせいだ。女性の名誉がかかっていたため手加減をする暇がなかった」

「……」

「抜き打ち査察の件とおまえの罪についてはギデノルト側の書類に記述されている。そしてあの日私の騎士によって運び出されているおまえの姿は少なくない人間が目撃している」

フォルティーナを助けたのち、ルートヴィヒはとある諸侯に面会を請《こ》われ王都を留守にしたのだそうだ。帰還した彼は血相を変えた部下からフォルティーナの絞首刑の執行を聞かされた。そして彼は処刑場へと駆けつけたのだと締めくくった。

「ギデノルトの者たちに配慮して裁判は行った」

「簡易的かつ恣意《しい》的だったと聞いている。当該者及び王女への不利益に通じる事項を看過《かんか》した者たちを記した報告書はマイス側にも渡っているはずだが？」

「……」

アルヌーフが黙り込んだ。

ルートヴィヒは再びアルデンス公爵家の男へ目を向ける。

男はどちらの王子とも目を合わせず俯《うつむ》いたままだ。

「この私が証人だ。それでもおまえはまだフォルティーナ王女に暴行を受けたと主張をするのか？」

皆がアルデンス公爵家の男が次に何を言うのか待つ中、ようやく男が口を開いた。

「……申し訳ございません、アルヌーフ殿下」

男が頭を下げた次の瞬間、鞘《さや》から剣が抜かれる金属音が響いた。

その剣は、たった今謝罪をした男の胸へと吸い込まれていた。

アルヌーフの酷薄な声がシンと静まる広場の空気を震わせる。

「俺に虚偽の報告をし、恥をかかせた罪を償ってもらう」

アルヌーフは剣の柄《つか》から手を離し体の向きを変え、「余興《よきょう》は終いだ」と不機嫌さを露わに言い捨て処刑場から立ち去った。

集まったマイス人たちの戸惑い囁《ささや》き合う声が届き始める中、ルートヴィヒはフォルティーナに「あなたのことは我々ギデノルトが保護する」と宣言し、彼らギデノルト人が滞在する部屋へ連れて帰った。

捕虜から保護へ。

フォルティーナはこれからルートヴィヒたちと一緒にギデノルトへ向かうのだと言われた。今は戦後処理のめどが立つのを待っているところだ。

この処遇はルートヴィヒなりの慈悲であろう。

昔、教師が言っていた。人よりも多くを与えられた者は、それを分け与えなければならないのだと。ゲルンヴィッテ王と同じだ。

出来損ないのフォルティーナは女神の祝福を持っていることだけが存在価値だったが、それが揺らいでしまった今、自分の価値とは何だろうか。

答えが見つからないまま、時だけが流れていく。

朝、目覚めた瞬間に、未だ生を享受していることに胸が痛む。

父のことを思い出せば、今の自分の境遇が罪深いことのように感じられる。

食事の時に使うナイフをじっと見下ろしながら自死について考えてみた。

これで胸を突けば、死ぬことができるだろうか。

脳裏にいつかの教えが蘇った。

ゲルンヴィッテの国民が信じる神は、教会は、自死を認めていない。

自死は罪。罪を犯した者はその死後、地獄に落とされるのだそうだ。魂は天上の国へ行くことなく永遠に地獄の業火《ごうか》で焼かれるのだという。

(自死を選んだらお父様には会えない……？　お父様に謝る機会が訪れない？)

父は以前、二つの神に戸惑うフォルティーナにどちらも存在すると思っておけばいいと言った。

もしもフォルティーナが自死を選べば、死んだあと父のもとへ行けなくなってしまう。

それは困る。父に謝罪できなくなってしまう。

フォルティーナは途方にくれた。

誰かがわたしを殺してくれればいいのに――。

そうしたら、死を受け入れられるから。

さらに三日が経過した。

「姫君、毎日狭苦しい室内に閉じ込めてしまい申し訳ございません。ご要望とあれば詩の朗読をいたしましょうか？　それとも遊戯盤《ゆうぎばん》のお相手を？　ご所望であれば歌を歌いましょう」

「……」

流れるように話しかけてくる勢いに呑まれかけたフォルティーナは無言で後ずさった。

こげ茶色の長い髪を後ろで一つに結わえたこの騎士はザシャ・メレンドルという名で、ルートヴィヒの配下である。近衛《このえ》騎士だと紹介された。

「姫君、遠慮せずに何でも言いつけてください。美しい女性の願いをかなえることが私の本望なのです」

どうやら彼は部屋に留め置かれているフォルティーナが退屈であろうと気を回している模様だ。この三日の間室内に閉じこもったままであった。

それというのもギデノルトがフォルティーナを保護したことを、マイス陣営は手放しで認めていないからだ。むしろ面白くない。隙あらば取り戻しに来るだろうとルートヴィヒは予測をしていた。

そのため己と一緒でない時は部屋から出ないようにと、ルートヴィヒに言いつけられている。彼はフォルティーナが退屈しないですむように本や遊戯盤、裁縫道具などを届けてくれもした。

こちらとしてはこれまでとあまり変わらない生活のため苦ではないのだが、ギデノルトの人々はそうは考えていないようで、代わる代わるご不便をおかけしますと話しかけられる。

その中でも目の前のザシャという男は一番に人懐こい。

「私の歌声はご婦人方に人気なのですよ。それとも運動不足解消にダンスをご所望でしょうか。リードが巧みだと幅広い年代の女性たちからお褒めの言葉をいただいております」

「ザシャ、そのくらいにしておけ。フォルティーナ姫が引いているぞ」

いつの間にかルートヴィヒが入室していた。

ザシャは「ルートヴィヒ様、おかえりなさいませ」と丁寧に礼をとった。

それに呆れ顔を返しながらルートヴィヒが口を開く。

「軟派《なんぱ》な態度はよせ。ギデノルト人は軽薄な男ばかりだと姫君に思われる。フォルティーナ姫、ザシャだけが特別であって、私を含めた他のギデノルトの男は普通だ」

「は、はあ……」

普通という感覚が分からずに生返事をしてしまう。

「この数日あなたを放置してしまいすまなかった。ずっと室内にいては退屈だろう。少し散歩をしよう」

「……よろしいのですか？」

「私と一緒であればマイス側も強くは出られない。急だが、二日後に出立する。持ち出せるものに限りはあるが、要望にはできるだけ応えたいと思っている」

「持ち出せるもの……」

「あなたはずっと宮殿の奥に造られた塔に住んでいたと聞いている。戦の混乱で宮殿仕えの者たちが散り散りになった。あなたの侍女も逃げたそうだ」

フォルティーナの脳裏に一人の侍女が浮かんだ。四十過ぎの彼女はゲルンヴィッテ王を恐れよそよそしい態度であったし無口でもあったが、仕事は手を抜かずにこなしていた。

彼女はどこかで無事だろうか。生きていてほしいと思った。

「案内人はいないが、塔へは私が付き添う。では向かおう」

ルートヴィヒに促されたフォルティーナは久しぶりに外へ出た。

清涼な空気が肺を満たす。揺れる木々の音を鋭敏《えいびん》に感じ取る。小さな変化を楽しむ心に気がつき、慌てて心の奥底へ押し込む。

塔へ行くには宮殿奥に広がる庭園を縦断することになる。さっさと用件を済ませてしまおうと思いフォルティーナは歩き出した。

そのため隣に立つルートヴィヒが腕を差し出したことには気付けなかった。

「姫君は意地悪なお人だ」

すぐ横に追いついたルートヴィヒが悲しげな声を出した。

フォルティーナはぴたりと立ち止まり、彼を見上げた。

父よりも背が高いルートヴィヒのはしばみ色の瞳を注意深く観察しながら恐る恐る言葉

を紡ぐ。

「何か……ご不快な思いをさせてしまいましたでしょうか？」

「いや……」

ルートヴィヒの声が途切れる。

二人を静寂が取り囲む。

父も姉もフォルティーナには足りないものがあるのだと語っていた。知らないうちにルートヴィヒを不快な気持ちにさせてしまったのかもしれない。

「そう恐縮しないでくれ。私の方こそ少し驕《おご》っていたようだ」

苦笑交じりの声にはこちらを非難する色のようなものは感じられない。どうやら気分を害したわけではないらしい。

胸を撫でおろすフォルティーナの横で彼が足を踏み出した。

二人は並んで歩き始める。

マイス軍に掌握《しょうあく》されている宮殿は、しかし外観に大きな損傷はなく小道や噴水なども崩れていなかった。もちろん植物や花壇の草木もそのままだ。

一見すると以前と変わらない景色だが、時折視界を横切るのは軍服に身を包んだ者ばかり。見慣れぬ装束なのは、皆マイス軍に属しているからであろう。

「庭師たちが丹精《たんせい》込めて育てた庭園だ。あまり荒らされずに済んでよかった」

フォルティーナはこくりと頷いた。

ルートヴィヒは先ほどのザシャのようなわけの分からぬ提案をしてきたりせず、時折視界に入る景色について話題にするのみだ。

会話に慣れていないため受け答えはぎこちないものになってしまう。

ルートヴィヒの足取りには迷いがなかった。あらかじめ庭園の見取り図を頭の中に入れていたのだろう。

並木道を抜けた先に現れたのは、古い時代に造られた小さな塔だ。この宮殿の奥がフォルティーナの世界の全てだった。

「もうすぐ旅立つことになる。室内のもの全てを持ち出すのは難しいが、愛着のあるものを選んで持っていくことはできる。家具類は応相談だが」

ゲルンヴィッテ王はフォルティーナが人や物に興味を持ったり執着したりすることを厭うた。叱責《しっせき》されることが怖くて、いつの頃からか心に鍵をかけることが上手くなった。

だから、今のフォルティーナは空っぽだ。愛着のある品物など思いつきもしない。

「わたしには――」

持ち出しを辞退しようと口を開きかけた時、かすかに金属が擦れる音が聞こえてきた。

ルートヴィヒが鋭い眼差しで音がした方へ顔を向ける。

そちらを見やれば、金茶色の髪の青年が騎士を連れて歩いてくる様子が窺えた。

「これはこれは、ルートヴィヒ王子ではないか。このような宮殿の隅で一体何を？」

「フォルティーナ姫の荷造りのために、以前の彼女の住まいへ付き添っていた」

アルヌーフの居丈高な物言いにルートヴィヒがにこやかに応じた。

「そういえば、第二王女は本館ではなく奥の離れに住んでいたのだったか」

アルヌーフは塔へ胡乱《うろん》げな視線を向けながら呟いた。

彼はすぐに塔への興味を失くしたようで、フォルティーナへ視線を定め、足を一歩前に踏み出した。そしてこちらへ話しかけてくる。

「フォルティーナ姫、先日は我が配下が失礼しました」

「……いいえ。過ぎたことです……から」

どう返していいのか分からずに当たり障りのない言葉を述べたフォルティーナの手をアルヌーフが取った。突然のことにびくりと手が震える。

彼はそれにあえて気付かない振りをしたようで、目を弧にし、さらに言い募る。

「姫の寛大さに感謝しますよ。いくら我が寵臣《ちょうしん》だったとはいえ、あの男の一方的な声にばかり耳を傾けたことについて反省しました。あなたの身柄は当初の予定通り我々に任せていただきたい。何、悪いようにはしませんよ。そこのルートヴィヒ王子は、あなたを保護すると言ったものの、ずっと一室に留め置いているではないですか」

「彼女の安全を最優先させている次第だ。今の宮殿内は姫が安心して歩ける場所ではない」

答えたのはルートヴィヒであった。

「私はフォルティーナ姫に尋ねているのだが？」

アルヌーフの声に剣呑《けんのん》さが加わる。

「尋ねるも何も、今回の件はすでにマイス側も了承したはずだろう」

それを無視する形で、アルヌーフは未だ握っているフォルティーナの手を持ち上げた。

「ゲルンヴィッテを掌握したのは我々マイスだ。姫は我々に従う義務がある」

命令に従え。声なき強い思念を間近で感じ取る。

彼は父と同じ。他者を抑圧することに慣れた声と目をしている。

それに慄く自分がいた。

けれども、死を望むのであれば彼の側にいた方がいいのではと考える自分もいた。

(わたしが欲しいのは死に場所……)

つい先日、彼はフォルティーナを殺しかけた。

きっと簡単に、フォルティーナの命を奪う選択に天秤を傾けるだろう。

であれば……。思考が流されようとしたその時――。

「あのようなおざなりな裁判を行うような者に彼女を託すことはできない。これは、ギデノルト国王の名代《みょうだい》である私の判断だ」

強い意志が込められた声と共に、アルヌーフに取られたフォルティーナの手の上にルートヴィヒが自身のそれを置いた。

思考が霧散《むさん》する。今回もまたルートヴィヒに阻まれた。

悄然《しょうぜん》とする気持ちとは裏腹にフォルティーナは重なった手から春にも似た彼の温かさを

感じ取ったのだった。

ゲルンヴィッテの宮殿を出立して五日目の朝、フォルティーナは一晩の部屋を提供してくれた城館に勤める侍女から散歩を勧められた。

部屋の窓から渓谷《けいこく》を眺めるフォルティーナの様子を見て気を利かせてくれたのだろう。いい提案をしたとばかりに、にこにこと目尻を下げる彼女の厚意に押される形で部屋を出て中庭に下りた。そしてその先の壁の外側に造られた、渓谷へと続く階段を下った。

ごうごうという大きな水音が耳に届く。

朝特有の柔らかな日差しを縫うように風がふわりと舞い踊る。

フォルティーナを出迎えたのは青と緑を混ぜ込んだ水の色。

日の光が渓谷に降り注げば、青い水の色が柔らかな緑色に変化したようにも見えた。

知識として知っていた川が目の前にある。

川だけではない。麦畑も、町も、丘陵《きゅうりょう》も、荒野も、単語として頭の中にあったものが、この数日フォルティーナの目の前に現れた。

乗り慣れない馬車の揺れには辟易《へきえき》させられたが、車窓からの景色は一日中眺めていても見飽きることはなかった。

「きれい……」

青緑色に煌めく川面に吸い込まれるようにフォルティーナはふらふらと川岸に近付き、下を覗き込む。とても澄んでいて川底までくっきりと見える。まるで別世界へ繋がっているかのよう。

突然、水音が止んだようにも思えた。ふつりと世界が静けさに包まれる。

ゆるりと手を伸ばせば、体の均衡《きんこう》が崩れた。

「フォルティーナ姫！」

呼び声と同時に腕を摑まれた。

静かだった世界に音が戻った。

流れる水の音。風が葉を揺らす音。それから――。

自分の腕を摑む手から腕へと辿り、フォルティーナは上を見る。

ルートヴィヒと目が合った。そのはしばみ色の瞳の中に焦燥《しょうそう》が見てとれた。

「あなたが川の中に落ちるかと思ったんだ」

ルートヴィヒがパッと離れた。

「散歩をするのは構わないが、川へ出るなら誰か供をつけるべきだ」

彼の口から紡がれる声は、出会って以降初めて聞く硬いものだった。

どこかゲルンヴィッテ王を思わせ、フォルティーナの肩がびくりと震えた。

それにいち早く気がついたのはルートヴィヒの側に従うザシャであった。

「ルートヴィヒ様、心配したのだと先にお伝えしなければ姫君は自分が怒られているのだと勘違いしてしまいますよ」

「別に怒ったわけではない。岩場は滑りやすい。一人で歩いている時に川に落ちるような事態に陥《おちい》れば、誰にも気付かれずに溺《おぼ》れ死ぬ恐れがある」

ルートヴィヒの声から硬さは抜けたが顔つきは真面目なままだ。

「姫君、我々に朝食の時間まで散歩のお相手をさせてくださいませんか？」

ザシャがにこやかな顔で優雅に礼をとる。数日過ごすうちに、彼のこれは癖のようなものだと思い至るようになっていた。とはいえ慣れないのだが。

「相変わらず気障《きざ》だな、おまえは」

「ルートヴィヒ様は姫君をお一人で歩かせるおつもりですか？」

「まさか」

どうやら付き添いは確定事項らしい。

「ではどうしてエスコートされないのですか。……ああ。さては一度、断られましたか」

「……黙れ、ザシャ」

大勢の前ではないからだろう。二人が醸し出す空気は軽やかで親しげだ。

フォルティーナの目には新鮮に映った。父と騎士との間ではこのような会話はあり得ない。

二人のやり取りに一点引っかかることがあった。

「わたしは……何かルートヴィヒ殿下の提案をお断りしたことがあったのでしょうか？」

「姫君が気にする必要はございません。女性にはエスコートを断る権利がございますから」

フォルティーナの問いかけにザシャが答えた。

「エスコート？　それは一体……」

思わず呟けば、二人は同時に息を呑み顔を見合わせた。

先に口を開いたのはルートヴィヒの方だ。

「男女で歩く際、男性は女性に腕を貸すことがある。男性はこう、腕を曲げる。女性はその上に手のひらを置いて……。フォルティーナ姫は確か十六歳だと聞いている。であれば社交デビューの際にお父上か親戚の者にエスコートされて入場したのではないか？」

「社交はお姉様の役割でした」

素直に答えると、ルートヴィヒが怪訝そうに眉根を寄せた。

「王女が二人いるのだから、どちらも社交デビューするのではないか？　私には妹が複数いるが、それぞれデビューに向けて準備を進めていた」

「それは、わたしが他の王族よりも劣っているので……表に出てはならないのだと……」

「誰がそのようなことを」

その相手を非難するようにルートヴィヒは眉を持ち上げた。

「お父様です」

それを聞いたルートヴィヒとザシャは沈黙してしまった。

フォルティーナは居たたまれなくなって下を向いた。

「あなたを困らせるつもりはなかったんだ。少し歩こう。正式なエスコートからは外れるが、歩きにくければ俺、いや、私に摑まって構わない」

「俺？」

フォルティーナの呟きをザシャが掬《すく》い上げる。

「ルートヴィヒ様は普段は格好をつけておいでですが、私生活ではご自分のことを俺とおっしゃるのですよ」

「おまえと話していると、口が悪くなってかなわない」

「ギデノルトのお嬢さん方も殿下の素をもっと知った方がいいと思うのですよねえ」

多分二人は意図して空気を変えようとしてくれている。

「さあ、行こう」

「はい」

気遣いを無駄にしたくなくてフォルティーナは頷いた。

川辺を二人で並び歩く。途中足元に段差があり、先に下りたルートヴィヒが手を差し出してくれた。それに自分の手を乗せる。大きな手だ。それに硬い。

先日アルヌーフに触れられた時は背中がびくりとしたのに、今はそういうこともない。

どうしてだろうと考えていると、隣から声が聞こえてきた。

「フォルティーナ姫は……例えば心臓や気管支が弱かったり、子供の頃に怪我を負い後遺症が残っていたりなど、そのようなことはあるのだろうか？」

「……記憶に残るような怪我や病は特にない……です」

「……一体何だって、かの王はそのようなことを……」

彼の呟きの一部が耳に届く。

フォルティーナはそっと彼の様子を窺う。涼やかな顔立ちの中には怒りのようなものが見え隠れしているように思えた。

今回ルートヴィヒがフォルティーナを連れ帰るのは、人道的な理由の他にゲルンヴィッテ王の娘に利用価値があると考えているからであろう。

具体的にどうするのかまでは分からないが、フォルティーナがマイスの手に落ちることを強く拒否した件から見ても何かしらギデノルトに利益があるのだ。

だからルートヴィヒを含めたギデノルトの人々はフォルティーナに優しくしてくれる。怒るでも呆れるでも機嫌を悪くするでもなく微笑んでくれるのだ。

時折訪ねてきたハイディーンは、王の娘という身分がどれほど尊くて敬われるべきであるかを饒舌《じょうぜつ》に語った。敬われるべきは己であってフォルティーナではないとつけ加えることも忘れなかったが。

せっかく手に入れたゲルンヴィッテ王の娘だが、役立たずな方だった。きっと彼は落胆したに違いない。フォルティーナの胸がずきりと痛み出す。

「わたしはゲルンヴィッテ王の娘ですが、皆さんが考えるほど利用価値はないと思います」

「私は打算であなたを絞首台から救ったわけではない。自分の気持ちに従っただけだ」

意志の込められた声に引き寄せられるようにルートヴィヒの目を見つめる。

「……では政治利用しないのかと問われれば、そこは申し訳ない。多少はあなたの身の上を利用させてもらうことにはなるのだが」

ルートヴィヒは少々ばつが悪そうに続けた。

「お役に立てればいいのですが……」

死を待つだけの身だが、現状の厚遇に対する感謝を込めて頷いた。

「そう素直に言われると……己の腹黒さを痛感させられる……」

「ルートヴィヒ様のお腹は黒いのですか？」

フォルティーナはじっと彼の腹部を見つめた。

すると隣から「くっ……」という声が聞こえてきた。視線を彼の顔に戻すと、彼は唇を震わせ、笑いを堪えていた。何かおかしなことを言ってしまったのだろうか。きょとりとしていると「姫君は純粋というか……」と言いながら笑い声を漏らし続ける。

「申し訳ありません。変なことを言ってしまいました」

「悲しい顔をしないでくれ。俺の方こそ笑いが止まらなくなってしまってすまない。ただ、あなたの言葉が可愛らしくて――いや。何でもない」

慌てた様子のルートヴィヒは最後さらに狼狽した様子で口元を手で覆った。

再びきりりとした表情に戻ったルートヴィヒが「散策の続きをしよう」と促した。

水の色を眺めていると隣から声が聞こえてきた。

「私はまだあなたと知り合って日が浅い。しかし、あなたが劣っているとは思わない」

その言葉は真っ直ぐにフォルティーナの胸に突き刺さり、夜になっても消えることはなかった。


順調に旅路を進んだ隊列はついにギデノルトの王都リューデルへと入った。

ゲルンヴィッテを去る時は、大きく変わった運命を受け止めることで精いっぱいだった。故郷の王都を眺める余裕などなく、記憶はおぼろげだ。

馬車での旅路を経るにつれ、少しずつ心が落ち着いてきたのだろう。

王都リューデルの賑やかな街並みを目が追ってしまう。

道の脇には多くの人々が見物に訪れていた。

その表情は明るい。この隊列の主が王太子であるのだと知っているように思えた。

そしてルートヴィヒは、己が注目される存在であると理解している。大きな通りに出た際、彼は窓の近くに顔を寄せ、微笑みながら手を振った。

そこにはザシャと話す時のような気安い雰囲気はない。どこか作り物めいた微笑みは、彼の表の顔でもあるのだろう。これが王族の風格であると目の前で見せられた気がした。

「フォルティーナ姫も手を振ってはいかがか？」

ふいに彼が話しかけてきた。

「わ、わたしが……？」

「先に宮殿にやった遣《つか》いが、今回の帰還には先のゲルンヴィッテ王の姫も同乗していると知らせた。マイス軍に捕らわれ、不当な裁判によって絞首刑に処されようとしていたところをギデノルトが救い出した……と。少々喧伝《けんでん》が入ってしまっているきらいはあるが、政治的パフォーマンスも必要なんだ」

「……助けてくださったことには変わりないので」

彼は善い行いをしたと考えているのだから、それを否定するのは憚られた。

あの時のフォルティーナは生きることを望んでいなかったが、これは個人的な事情だ。

そっと目を伏せるフォルティーナに「そう……か」とルートヴィヒが返した。

それだけではなく、彼はフォルティーナの表情の変化をつぶさに観察するような、先ほど仕舞い込んだ思いを探り出そうとするような視線を向けてくる。

フォルティーナは逃げるように窓の外へ顔を向けた。

沿道に並ぶ人々の誰かと目が合う。破顔されたことに目を瞬く。ルートヴィヒがやっていたように、手を振った方がいいのだろうか。多分、いいのだろう。そう思い立ち、ゆっくりと右手を持ち上げ左右に動かしてみた。

うまくできているか分からない。生まれて初めての経験だった。

「これから向かうガルレ宮殿の歴史は今から三百年ほど前まで遡る。築城以来、規模を拡張し続けていて、建物には複数の年代の建築様式が見られるんだ」

徐々に宮殿に近付いてきているからか、ルートヴィヒが口を開いた。

「この先数日は、色々やるべきことがあって忙しくしているが、空き時間を作る。リューデル市内を案内する」

「わたしのためにお時間を取らせるわけには……」

「早くこの国に慣れてほしいという意味もある。王都近辺にも美しい川辺があるんだ」

「川……ですか？」

「姫君は、あの渓谷を気に入っていただろう？」

ルートヴィヒは朗らかな顔と声で続ける。

一体彼はどうしてそのような結論へと至ったのだろう。

フォルティーナは「気に入って……？」と、繰り返した。

「ああ。あの日のあなたは水面を見つめながら微笑んでいただろう。確かに朝日に光る渓谷の青は美しかった。リューデル近郊にも似たような場所はあると思う」

話の後半は耳に入ってこなかった。

それよりも、ルートヴィヒから語られた「水面を見つめながら微笑んでいた」の部分の方が重大だった。

（わたしは……無意識のうちに笑っていたの？　そんなの……そんなの……）

打ちのめされた。父を救えなかった自分が今この瞬間に生きているだけでも罪深いのに。

珍しいものを見て、触れて、微笑んでいただなんて。

そんなこと、許されるはずがない。

「フォルティーナ姫？」

突如、顔から色を失くしたフォルティーナをルートヴィヒが訝しそうに見つめる。

「わたしは、どこにも行きません。静かに、暮らさなければ……いけないのです」

そう口にすると同時に膝の上に置いた手をぎゅっと握りしめた。

「わたしだけ……今、生きているだなんて……」

死を望んでいた自分が感情を揺り動かされた。その事実が胸を打ちのめす。

初めてのものや場所に触れて、閉じていた蓋《ふた》が大きく開いてしまった。

もっとしっかり心に鍵をかけておかなければならない。

「そうだな……。あなたはお父上を亡くされたばかりだ。すまなかった。私に配慮が足りなかった。まずはガルレ宮殿で気持ちの整理をつけてほしい。礼拝堂もある。いつでも出入りできるように言いつけておこう」

それきり車内に沈黙が下りた。

ただし、長くはなかった。

隊列がガルレ宮殿へと続く道へ入ったからだ。

ここで隊列はいくつかに分かれた。ルートヴィヒらを乗せた馬車と護衛騎馬隊のみが大正門の豪華な門扉へと進む。

ここは一番格式ある玄関口で、王族及び一部の貴人のみ使用できるのだそうだ。

馬車停まりの前には多くの人々が出迎えに立っていた。

フォルティーナはルートヴィヒに続いて降りた。礼儀として彼が手を貸してくれる。旅路の途中から、このような場面が増えた。

王太子の帰還に、出迎えの人々が一斉に礼をとる。

ルートヴィヒは「今、帰った。出迎え、ご苦労」と言ったのち、フォルティーナへ視線を向けた。彼の紹介に合わせてフォルティーナは膝を折った。

軽い挨拶ののち、ルートヴィヒは涼しい顔で豪奢《ごうしゃ》な宮殿内を歩いていく。

「長旅で疲れただろう。まずはゆっくり体を休めてくれ」

案内されたのは、宮殿の本館を抜けた先にある瀟洒《しょうしゃ》な館であった。

これまで住んでいた塔よりも大きい。小離宮と呼んでも差し支えない規模である。

ここでも複数人の男女が出迎えのために待機していた。

「今帰った。先に知らせていた通り、しばらくの間ゲルンヴィッテ家のフォルティーナ姫を預かる」

父よりも年上と思しき灰色の髪の男性が「部屋は調えてございます」と頭を下げた。

彼はフリンツァーという姓で、この館の全てを取り仕切る役職に就いていると教えてくれた。

そのフリンツァーに案内され、玄関広間の階段を上り、左側へ折れる。

到着したのは複数の続き間から成る客室である。前室を抜けた先は、美しいマーブル模様の大理石で作られたマントルピースが印象的な、全体的に優しい雰囲気の居間だ。

マントルピースの上には異国由来と思われる陶磁器の人形や異国の風景が描かれた皿などが飾られている。置かれた椅子と長椅子は揃いの絹張りで、花模様の刺繍が施されている。

奥へ続く扉の先は寝室だ。こちらも女性好みの調度品で揃えられている。使用人用の扉と、水場へと続く扉、それから衣裳部屋とも通じている。

高い天井に合わせて取りつけられた長方形の窓にはめ込まれたガラスは透明度が高く、この国の技術力の高さを物語っている。カーテンは色褪せのない美しい天鵞絨《ビロード》だった。

フォルティーナは敗戦国の元王女だ。

ルートヴィヒにとって何かしらの価値があるであろうとは理解しているが、それにしたってこの厚遇は何だろう。

世間知らずの自分の目にも少々行きすぎではないかと映った。

場違いであることをひしひしと感じるフォルティーナの前に複数人の女性が立ち並んだ。

「しばらくの間、姫君のお世話をさせていただきます」

一斉に礼をとった彼女たちに慄きながら、フォルティーナはかろうじて「よろしくお願いします」とだけ返したのだった。

ルートヴィヒは両親、つまりはギデノルト国王夫妻へ簡単な帰還の挨拶を行ったのち執務室へ赴いた。

約一月の間留守にしていたため、決済待ちやら確認待ちやらの議案が山積みだ。さらに文箱には届いた手紙が束になってもいた。

それらの処理に忙殺され、ギデノルト王と二人きりの時間を設けることができたのは二日後のことであった。場所は王の執務室近くの小部屋だ。

改めて挨拶をした息子に向け、ギデノルト王は目尻を柔和《にゅうわ》に下げた。

「よく帰ったな。息災で安心したぞ」

黒髪とはしばみ色の瞳は父譲りである。年相応にしわが刻まれた顔の半分はひげに覆われている。本人曰く、威厳の演出だそうだ。

「先のゲルンヴィッテ王が国内に組み入れた旧帝国の東側の王国、公国の帰属について改めて国際会議を開催する方向で調整しておるのだったな」

マイスとゲルンヴィッテの戦後処理の立会人という名目で息子を送り込んだギデノルト王のもとには適宜報告がもたらされている。それはルートヴィヒ直筆の手紙であったり、随行した軍人や官僚の報告書であったりさまざまだ。

「マイスの反発も予想のうちだ。先のゲルンヴィッテ王の振る舞いは目に余るものがあったが、かといってマイスに余計な力を持たせるわけにもいかない」

「旧聖ハイスマール帝国の領土内だったとはいえ、東側の地域ではチェルノエ王国の一部になった方がましだと考える有力者もいます。すでに君主の一族が離散しているため、無駄な権力争いを行うよりはいいだろうとの考えですね」

チェルノエ王国は旧聖ハイスマール帝国の東に隣接していた国の一つである。旧帝国時代は国境線を巡り矛を交えた仲でもあった。

元々旧帝国の東側地域はかの王国との領土争いの過程で取った取られたを繰り返してきた歴史がある。聖ハイスマール帝国の瓦解の折にも、かの国は過去の戦で取られた領土を自国に組み入れ、帝国消滅と共に建国した王国と揉めごとを起こしていた。

「東のチェルノエを含めたいくつかの国が会議に参加したいとの要望を送ってきておる。近いうちに国際会議が開かれることになるだろう。ルートヴィヒ、引き続き参加してこい」

「かしこまりました」

次の外交が決まった。かの地の行く末を決めるのだから、集まるのなら旧ゲルンヴィッテがよいだろう。そう遠くないうちに再びかの地を訪れることになりそうだ。

「我々としてはマイスに総取りされるよりはいい。東側の諍いにまで首を突っ込む気にはなれん。国際会議で適度に議論させ、折り合いをつけさせればいいだろう」

「帰属問題では、旧ゲルンヴィッテ国内の諸侯らの意見も反映させるつもりです。元々我々が戦後処理に介入したのも、一部の者の嘆願を受けてのことでしたから」

旧聖ハイスマール帝国の再興を第一に考えていた先のゲルンヴィッテ王は、この考えに同調する者ばかりを優遇し、現状維持を望む一部の諸侯らを冷遇した。

そういった者たちの中には、ゲルンヴィッテがマイスと武力衝突した早い段階で、もしもの場合に備え秘密裏にギデノルトへ接触を図ってくる者がいた。

それがギデノルトと国境を接するマイネッセン一帯を領有する家々であった。

「あの王は己のことにしか関心がなかったからな」

ギデノルト王は、やれやれというように相槌《あいづち》を打った。

確かにその通りなのだろう。

亡くなった先の王妃との間に生まれたのはハイディーンとフォルティーナ、二人の王女のみだった。

廷臣《ていしん》らは王に再婚を勧めたそうだ。当然であろう。安定した王位継承を行うには直系男児の存在は不可欠だ。

しかし、先のゲルンヴィッテ王は「今は旧帝国の再興が最優先だ」と言い、己の後継に従弟である公爵の息子を指名した。まだ幼い彼を宮殿に連れてこさせ後継教育を施せと廷臣らに命令をしたのだ。

「亡国の復活に全てを捧げ、他はおろそかにした。これはマイスにも一部当てはまるがな」

　こたびのゲルンヴィッテとマイスの領土争いに端を発する戦において、ギデノルト王は中立を宣言していた。

　ギデノルトは現時点で旧聖ハイスマール帝国の領土内で一番大きな面積を有する国だ。

　この国はルートヴィヒの祖父の時代に二つの公国と一つの王国を領土に組み込んだ。父である現王は、現状維持に注力し、国の近代化を国策に掲げている。

　旧帝国の再興の夢にいつまでも囚われているせいで、大陸人がハイスマール地方と呼ぶ一帯の近代化は遅れる一方だとの考えによるものだ。

　他国では中央集権化及び、農地・経済改革が進んでいる。どこかの国で強い王が現れればあっという間に呑み込まれてしまう。

　しかし、旧帝国領内ではゲルンヴィッテもマイスも旧帝国再興の野心を隠しもしない。

　特にゲルンヴィッテは旧帝国の東側一帯に強引なやり方で攻め入り手中に収めていた。

　それらの併合を済ませたあとは、南側が隣接するマイスだったというわけだ。

　マイスの方もゲルンヴィッテにこれ以上大きな顔をさせておきたくない。鼻っ柱をへし折ってやりたいと衝突の時機を見極めていた。戦の勃発は必然だったのだ。

　そのような時勢の中、ギデノルト王はどちらの国にもつかなかった。

「今回、我がギデノルトが中立を貫いたのは、旧聖ハイスマール帝国再興などという野望に国民を巻き込みたくはなかったからだ。体力温存と近代化の推進という理由もあるがな」

「旧帝国内で覇権《はけん》争いを行っている外では、技術革新の波が押し寄せていますからね」

「石炭を使い、これまで以上の動力を作り出すのだったな」

ルートヴィヒはこくりと頷いた。諸外国では、この動力をさまざまなものへ使用するための研究が行われているのだ。これらの動力の使用が一般的になれば、戦のやり方すら変わるだろう。戦術も同様だ。

「そちらはともかく、好戦的な国が力を持つのは厄介だ。マイネッセン一帯の諸侯らの嘆願に応じて二か国の終戦の仲介役を引き受けたのだから、できうる限りマイスの力は削《そ》いでおきたい」

「向こうにとっては面白くないでしょうがね」

「王太子、アルヌーフとはどのような男であった？」

ギデノルト王の問いかけに、ルートヴィヒは同世代の王太子を思い返す。

アルヌーフはルートヴィヒよりも一年ほど早い生まれで、現在二十三歳。年の近いこちらへの対抗意識があるのだろう、一見すると友好的に接してくるものの、言葉や態度の端々に隠しきれない鋭さが現れていた。

ルートヴィヒは、フォルティーナを保護した経緯を改めてギデノルト王に話した。

「アルヌーフ王子は、仲介役と称して割り込んできたギデノルトがゲルンヴィッテ最後の王女フォルティーナを掻《か》っ攫《さら》うかもしれないと危機感を持ったか。結果として我らに姫君の保護という名目を与えてしまった」

ギデノルト王が愉快そうにあごひげを撫でる。

「あの件ではフォルティーナ姫への同情が多く集まった。もちろんマイスへの非難も」

内外へ広く発信することで、ギデノルトは仲裁に入ったことが正当であったと喧伝することができた。今後行われる会談や協議の場で主導権を握るためにも必要なことだ。

「フォルティーナ姫をギデノルトに連れ帰ったのは悪くない判断だった。おまえの妻にどうだ？」

「はあ!?」

ギデノルト王のとんでもない発言に、素《す》っ頓狂《とんきょう》な声が出てしまった。

素を晒す息子を前に、ギデノルト王がにやりと口の端を持ち上げた。すっかり父親の顔である。してやったり、とでも言いたげだ。非常に面白くない。

二十二歳になるルートヴィヒはしかし、未だ婚約者がいない身の上なのだ。

おかげで年頃の娘を持つ貴族たちは水面下で腹を探り合い、他国の王は娘に次期国王たる男をあてがおうと見合いの打診を寄越す日々である。

「フォルティーナ姫にも選ぶ権利はありますよ。まあ、うるさい連中への牽制《けんせい》にはなるのではないですかね」

「マイス軍による不当な処刑から助け出された悲劇の元王女と王子のロマンスとなれば、世間も受け入れやすいだろう。特に女子供はこういうのに弱いからな。ほれ、リーズルは王都で人気の恋愛歌劇や小説がお気に入りだというではないか」

当たり障りのない返事をする息子に父は娘の名前を出しながら、くっくと肩を揺らす。

だめだ、完全に面白がっている。

「ゲルンヴィッテの法では、女性に継承権はありませんよ。ゲルンヴィッテ王が後継にと指名していた従弟の息子は、残念ながら遺体で発見されました」

「継承権はなくとも、ゲルンヴィッテ家は旧聖ハイスマール帝国から続く名門だ。取り込んでおいて損はない。元国民らも元王女が暮らすギデノルトの方へ親しみを持つようになるだろうしなあ」

つまるところ、積極的に領土争いに加わるつもりはないが、将来に向けて布石は打っておきたいということか。

旧ゲルンヴィッテの多くを手に入れたマイスに対抗できうる手を確保しておきたいのだろう。これ以上の力をつけさせないために。

「フォルティーナ姫本人はどのような様子なのだ？　少しはおまえにときめく様子を見せたか？」

それはともかく、今は完全に息子で遊ぶ父の顔である。

どうして父親とこのような話をせねばならぬのか。今すぐに退出したいが、放してくれそうもない。ああ面倒くさい。

「俺のことなんて全く気にかけていませんよ」

「ほう？　一応おまえは私に似て美男子だと思うのだが」

父は憐れみの視線を息子へ寄越した。

「そこでご自分の顔を褒めるあたりが厚顔ですよね、父上は」

「本当のことだろう？」

しれっと宣う父は本日も非常に図太い。まあこのくらい強い心臓を持っていなければ王など務まらないのかもしれないが。

「俺自身、顔の造作は悪くないと思っていますよ」

「そうだろう。そうだろう」

あとが面倒なためおだてただけなのだが、父は満足げに破顔し、何度も頷いた。

実際、ルートヴィヒは若い頃のギデノルト王の肖像画によく似ている。

絶世の美青年だと悦《えつ》に入るつもりはないが、まあまあの部類ではないかとは考えている。

側近のバルナー曰く「王太子という肩書抜きにしても、殿下は人目を引く容姿をしていますからね」とのことだ。客観的な意見は大事である。

話も逸《そ》れたことだし、退出を切り出そうとしたその時、扉を叩く音が響いた。

こちらの返事も待たずにカチャリと扉が開く。

「お父様、お兄様、ご一緒してても？」

音楽のように軽やかな声の背後から「リーズル様、今陛下と殿下はご歓談中で――」という侍従の困り果てた言葉が続いた。

栗色の髪にはしばみ色の瞳をした溌溂《はつらつ》とした少女は、侍従の制止もお構いなしにずかずかと室内に足を踏み入れ、ルートヴィヒの隣に腰を下ろした。

「無作法だぞ、リーズル」

「許してくださいな、お兄様。せっかく帰っていらっしゃったのに、全然お会いできないのだもの。強硬手段に出てしまいましたわ」

二番目の妹リーズルである。すぐ下の妹はすでに他国へ嫁していた。

十四歳になった彼女は昼間の公務や茶会に顔を出すようになり、王妃に次ぐ存在として幅を利かせつつある。

「お父様ばかりずるいわ。お兄様を独り占めして」

「重要な話は済んだ。リーズルもいてよいぞ」

矛先を向けられたギデノルト王が仕方がないと言い、部屋の入口に立つ侍従に下がれと目で合図をする。

瞳に安堵の色を宿した侍従は恭しく礼をとったあと静かに扉を閉めた。

「お兄様、おかえりなさいませ。お兄様がいらっしゃらない宮殿はつまらなかったですわ」

滞在許可を得たリーズルは、甘えるようにルートヴィヒの腕にしがみついた。

「どうせおまえのことだ。茶会を開きまくっていたんだろう？」

「わたくしは遊んでいるわけではないのですわよ？」

そう念を押した彼女は貴族階級の女性たちと最近どのような会話をしたのかを話して聞かせる。

ご婦人方の情報網と噂は案外侮《あなど》れない。彼女がぽろりと零した内容から貴族同士の思わぬ繋がりを拾うことがある。

そして、政で役に立ったりするのだ。

時折父が質問を挟み、それに機嫌よく答えるリーズルはわざとらしく嘆息する。

「でもね。お兄様が参加されないお茶会になると、欠席する子がいるの。失礼しちゃうわ」

打算で出席する娘がいるのは当然であろう。

「だからね、そういう子は次のお茶会には呼んであげないって決めているの。ねえお兄様、次は参加してくださるでしょう？」

「予定が合えばな」

この妹はルートヴィヒの威光にぶら下がることで自身の承認欲求を満たしているきらいがあるが、己に害のない範囲であれば付き合ってやっていた。

兄妹間の仲を悪化させるより、ある程度良好に保っておいた方が将来王位を継いだ時、政策面で助けになるという打算があった。

「そういえば、別館に滞在することになったご婦人のことですけれど」

ここでもフォルティーナの話題は避けられないらしい。近い年頃の娘が同じ宮殿に住まうことになるのだから、気になるのだろうと思い直す。

「彼女、これまでお兄様が住まわれていた別館でお過ごしになるのでしょう？　どうしてお兄様はわたくしたちの近くにお引越しされませんでしたの？」

「あそこは、父上の居場所って感覚が強いんだよ」

今回、フォルティーナを連れ帰るにあたりガルレ宮殿のどこに部屋を用意しようかと考え、これまで己が使用していた別館にしようと思い立った。

あそこなら静かに暮らせるだろうし、すでに館を取り仕切る使用人も揃っている。フリンツァーは優秀だ。彼なら万事そつなくこなすであろう。

ルートヴィヒの方はといえば、ひとまず本館内の家族が住まう区画とは離れた場所に移動することにした。

小離宮ともいえる規模の建物とはいえ、同居は避けた方がよいと考えたからだ。

「つまらないわ！」

（だからだよ……）

声に出さずに心の中で突っ込んでおいた。どうせこの妹のことだ。部屋が近くなったのをいいことに四六時中突撃してくるだろう。

こちらも忙しいのだ。静かな住環境は大切である。

「フォルティーナ姫と一緒に暮らせばいいではないか。妻《あれ》から侍女を借り受けたのだろう」

父が茶々を入れた。

この話題を引っ張るつもりらしい。げんなりするルートヴィヒの隣でリーズルが目を吊り上げる。

「まあ！　お父様ったら、なんてことをおっしゃるの！　フォルティーナ姫がお兄様のお妃になるだなんて！」

「おまえには分からぬだろうが、政治の世界とは奥深いのだ。マイスとの戦で負けはしたが、ゲルンヴィッテ家は名門だぞ」

「お父様は何かあるとすぐに政治の世界って煙に巻くのよ」

リーズルは唇を尖らせる。

兄が妃を迎えてしまえばこれまでのように自由にその威を借りられなくなるとでも考えているらしく、ルートヴィヒの結婚話には消極的な妹である。

「お兄様のお相手云々は置いておいて、噂のフォルティーナ姫とはいつ会わせてくれますの？　わたくしはギデノルトの第二王女ですもの。挨拶くらいしておきたいわ」

「ぐいぐいくるな。彼女は家族を喪ったばかりなんだぞ。心がまだ追いついていない。今彼女に必要なのは静かな環境と新しい生活への適応だ」

ルートヴィヒは父と妹、二人に牽制の意味を込めて言った。

その日、ルートヴィヒは別館へと赴いた。太陽はとっくに沈んでいた。夕食にすら遅い時刻である。

出迎えたフリンツァーに「姫君の様子はどうだ？」と尋ねた。

「まだ、お心の整理がつかないのでしょう。静かに過ごしておいでです。散歩を勧めたのですが、出歩くことに躊躇《ためら》いが見られました。殿下より、庭園を案内して差し上げてはいかがでしょうか。ああそれから、ゲルンヴィッテではどのようにお過ごしになっていたか伺いましたら、刺繍を嗜《たしな》んでおられたとのことでしたので、裁縫道具や絹糸を取り寄せたく手配しました」

「そうか。ゲルンヴィッテを出る際、フォルティーナ姫の私物を持ち出すことができなかった。当座をしのぐために母上から衣服を借りられるよう手配したが、何着か仕立てた方がいいだろう」

アルヌーフのみみっちい嫌がらせである。

あの男は「この宮殿から持ち出したいものがあるのなら、紙に書いて提出してもらおう。審議ののち返事をする」と言ったのだ。

だからその通りにしてやったというのに、アルヌーフは確認に時間を要するとか何とか言い訳して、のらりくらりと返事を先延ばしにしたのだ。

衣服などの必需品は道中どうにでも調達できるが、両親との思い出の品の一つくらい持たせてやりたかった。

　周辺国との日程の調整がつき次第、ルートヴィヒは再び旧ゲルンヴィッテを訪れ、かの国の分割について協議する会談に出席する。その時は絶対に何か持ち帰ろうと考えている。

「すでに宮殿のお針子が採寸に参りました。装飾品も、必要に応じて妃殿下より貸出許可を出すと申しつけられております」

　元王女という品位を保つためにもそれなりの身支度は必要である。

（保護した者の責任として、俺から何か身の回りの品を贈った方がいいだろう）

　ゲルンヴィッテ家の財産の主張をどうするかは、今度の課題だ。

「彼女には静かに過ごす時間が必要だろうが、なかなかそうもいかない。近いうちに父上たちと面会をしなければならないし、徐々に表に出る機会を設ける必要もある」

　ルートヴィヒが旧ゲルンヴィッテの王女を保護し連れ帰った件は、広く喧伝されている。今後ギデノルトで暮らしていくのなら、早いうちからこの国の貴族たちと交流を持っておいた方がいいだろう。

　もう一つ、フォルティーナを表に出さなければ、今度はギデノルトこそが誘拐犯だとマイスが声高に叫ぶ恐れがある。

「フォルティーナ様には時間が必要なのでしょう。どこか……生きることに対して無気力といいますか、後ろ向きでございます」

「フリンツァーもそう感じるか」

　静かに頷くフリンツァーの瞳の中には、彼女への同情の色があった。

今日はもう遅い。フォルティーナは寝支度に取りかかっている頃だろう。

ルートヴィヒはフリンツァーを労い、別館をあとにした。

館の外から、見上げる。彼女がいるであろう部屋を。

ルートヴィヒは彼女が抱えているある種の危うさが気にかかるのだ。

人は死を前にしたら少なからず恐怖や未練を抱くものだと思う。

それはルートヴィヒであっても同じであろう。死を前に何かしらの感情が表に出てくることは想像に難くない。

そして死を回避すれば、安堵するのが普通であるはずだ。

だがあの時のフォルティーナは、何の感情も有していなかった。すみれ色の双眸《そうぼう》はどこか虚ろで、現《うつつ》の世界を映していなかったようにさえ思えた。

死の淵から助け出された直後であってもそれは同じだった。ひどく気配が薄く、目を離したら儚く散ってしまいそうだとも思った。

救える命があるのなら、無駄に散らせたくはない。その思いでフォルティーナを死地から救出した。

ルートヴィヒは若者特有の青さをとっくに失っていると自覚していたが、明らかな冤罪《えんざい》で命を奪われかけている者を見過ごすほど人としての感情が欠落しているつもりはなかった。

別に命を救ってもらったことに対して感謝の意を示してくれとは考えていない。

あれは正義感からの行動だったが、ギデノルトにも利はあった。そのあとはしっかり彼女の身の上を利用させてもらった。

「らしくないな」

独り言は闇の中へ消えた。

フォルティーナはこれまでルートヴィヒが出会ったどんな女性とも違う。

生への希薄さと、もう一つ。それは彼女の育った環境だ。

先のゲルンヴィッテ王は、追い詰められ立てこもった砦にまでフォルティーナを連れていくほど溺愛《できあい》していた。そう報告を受けていた。

しかし、本当にそうなのだろうか。

知り合ってまだ間もないが、フォルティーナと話してみて覚えた違和感。彼女が受けた教育には偏りがあるように思える。

基本的な立ち居振る舞いは躾《しつ》けられているのだろうが、おそらく彼女は王女として社交の場で必須になるような礼儀作法を教えられていない。

それにどうしてフォルティーナだけが宮殿の奥に建てられた小さな塔に住んでいたのだろう。

尋ねたいことばかりだが、フォルティーナはルートヴィヒに踏み込まれることをよしとしないだろう。

リューデル到着時の馬車の中で、ルートヴィヒはおそらく間違えた。

数日前に立ち寄った渓谷でのことを指摘した途端に彼女は顔色を失くした。

(多分、フォルティーナ姫は意図して表情を消すようになった)

おそらく一人だけ生き延びたことへの罪悪感がそうさせているのだ。

気持ちの整理が必要なのは間違いないのだろうが、どこか無理をしているのではないか。

彼女の気持ちも理解できるが、できれば少しずつ前を向いてほしい。せっかく生き残ったのだから。

ルートヴィヒの脳裏にあの日のフォルティーナの微笑みが蘇った。

できれば、またあの日と同じ笑顔に再会したいと思う。

第2章

外の世界は目まぐるしく、日々選択の連続だ。

例えば朝。卵料理は何がいいか。籠《かご》に盛られたパンのどれを取ろうか。ヨーグルトに蜂蜜か果実のどちらを入れるかなどを尋ねられる。

これまでフォルティーナは与えられたものをただ受け取るだけだった。食事も、衣服も、教育も、何もかも。そこに個人の感情は必要なかった。

ゲルンヴィッテ王がそれを望んだ。これがおまえの生き方なのだと、教えられてきた。

気分によって朝食の卵料理を選ぶなど考えられなかった。

自分の好みも分からず沈黙するフォルティーナを見かねたのか、ルートヴィヒが助け船を出すようになった。

「昨日はゆで卵にしたから、今日はスクランブルエッグにしたらいいんじゃないか。俺はチーズ入りのが好きなんだ。姫君も一度試してみてはどうだろう」「乾燥させたりんごを練り込んだパンも美味しいから食べてみてほしい」などと言いながら、てきぱきと差配してしまう。

彼は宮殿の別棟で寝起きしているのだが、責任感に溢れる性分なのか、忙しい身であるにもかかわらず食事のためだけに別館まで通ってくる。

一人での食事は味気ないだろうというのが理由の一つらしい。

ルートヴィヒとの食事は、父とのそれとはまるで違う。

父と食事をしていた頃は、あまり食べ物の味が分からなかった。不用意な発言をしてしまうと父はすぐに怒気を漂わせたから、常にその顔色を窺っていた。

けれどもルートヴィヒはフォルティーナへ非難を向けることがほぼなかった。

出会った当初、彼の機嫌を損ねてしまったらどうしようと不安に駆られ、その言動に神経を集中させていたことが嘘のように、最近は肩の力が抜けるようになっていた。

食事時の話題はガルレ宮殿のことが大半を占めている。庭園に植わっている花のこと。庭園で飼われている小動物のこと。宮殿に数多くある部屋の名前の由来や王都リューデルの様子など、他愛もないことばかりだ。

フォルティーナは話を膨らませることは得意ではないけれど、ルートヴィヒの話を聞くことは嫌いではない。彼の声は耳に心地いい。聞き手への配慮をしてくれているのだろう。

さらに彼は聞き手の興味を引くような話の運び方が上手だから、そのたびに好奇心が疼《うず》かないよう抑え込む羽目になる。

ギデノルトでの暮らしは驚くほど穏やかだ。

フォルティーナの側に侍《はべ》る女官や侍女たちは皆親切で優しくて、自分の気持ちを外に出すのが不得手なフォルティーナのことを辛抱強く待ってくれる。

きっとルートヴィヒが皆に命じてくれているのだろう。下の者たちは仕える者の意向をくみ取り忠実に守るものだから。

だからこそゲルンヴィッテで暮らしていた日々との差異を感じ取るたびに、心が苦しくなった。今のフォルティーナには返せるものが何もない。

父は庇護《ひご》してやる代わりに女神の祝福を求めた。

しかし、祝福が存在するのかどうか疑わしくなってしまった。

他にフォルティーナには何ができるのだろう。考えてみるもいい案が思いつかない。

ここはフォルティーナにとって仮の居場所だけれど、父のもとへ行くまでであれば、ルートヴィヒのためにできることをしたい。

「――フォルティーナ姫？」

「は、はい」

ふいに名を呼ばれ、我に返った。そういえば朝食のさなかだった。

目の前に座るルートヴィヒが怪訝そうに眉を顰めている。初めの頃は怒っているのだとばかり思っていたのだが、そうではないと最近分かってきた。

「今日は父上たちとの面会があるだろう。俺がここまで迎えに来るから、一緒に行こう。面会には俺も同席する」

「は、はい。お手間をおかけします」

フォルティーナはこくこくと頷いた。

ギデノルトで暮らすようになって早一週間。本来であれば早々にこの国を治める王へ挨拶をしなければならなかった。

けれどルートヴィヒはフォルティーナの心が落ち着き、新しい住まいに慣れるまで待つよう調整してくれた。面会に相応《ふさわ》しい衣装を一式揃えるのと、礼儀作法の確認が必要だという理由もあった。

一応子供の頃に礼儀作法は習っていたが、他国の王と謁見することは想定されていなかった。ルートヴィヒに不安があると言えば、彼が人を寄越してくれた。

朝食が済んだフォルティーナは待ち構えていた侍女たちの手によって入念に身支度を調えられた。

コルセットをぎゅうっと絞られ、何枚ものペチコートを重ねられた上にドレスを着せられ、髪を何度も梳《くしけず》られ、顔に真珠の粉をはたかれた。

約束の時間の十分前に別館を訪れたルートヴィヒは、玄関広間まで下りたフォルティーナを見たのち「似合っている」と言いながら口の端を持ち上げた。

今のは多分、褒め言葉。そう理解すれば、胸の内側を撫でられたかのようなくすぐったさが広がっていったから困ってしまった。

なんて返すのが正解なのだろう。はくはくと口を小さく動かすフォルティーナにルートヴィヒが腕を差し出した。

こういう時は男性の腕を取るのが作法なのだと習ったばかりだ。

二人で並んで歩き、本宮殿へ入る。ここからはギデノルト王の侍従が案内してくれる手筈になっている。宮殿の奥へ奥へと進んでいく。帰りは一人で帰れるだろうかと心配になるほど大きな建物だ。

　豪奢な部屋をいくつもくぐり抜けた先にある一室にて、フォルティーナはギデノルト国王並びに王妃と初めての対面を果たした。

　ギデノルト王の年齢は、父と大して変わらないだろう。父よりも静かそうな佇まいだが、瞳に宿る光には鋭さが滲《にじ》み出ている。

　フォルティーナは身を固くしながら重心を崩さぬよう精一杯力を込めて膝を折った。

　型通りの挨拶ののち、フォルティーナの顔色を気にかけたのか、ギデノルト王は穏やかな声で話しかけてきた。

「そうかしこまらずともよい。こたびは難儀であったな。我が国は中立を貫いたゆえ、マイスとゲルンヴィッテ、どちらへの支援も行わなかった。私が望むのは、ハイスマール地方の安定だ。無益な戦に民を巻き込みたくはないからな」

　そう言い、ギデノルト王は旧ゲルンヴィッテの現在の様子をかいつまんで聞かせてくれた。戦で荒れた土地の復興が始まったことや、ギデノルトによる小麦などの食料支援、それから旧貴族たちの扱いについてだ。

　先の戦は旧ゲルンヴィッテの王都から少し離れた砦で勝負がついたこともあり、マイス軍が駐留している以外に王都民の暮らしに変わりはないそうだ。

「民たちの暮らしはもとに戻りつつあるが、フォルティーナ姫、そなたの帰還は現時点では勧められぬ。マイスは杜撰《ずさん》な手続きで一度そなたを殺そうとした。現状、ゲルンヴィッテ家の直系で生存が確認されているのはフォルティーナ姫ただ一人だからな。戻ればマイス王の気分次第で、その首は簡単に飛ぶことになるだろう」

今のフォルティーナにとってマイスの危うさは特段気にならない。むしろ、死が近いのならマイスへ赴いた方がいいのではないか。そのような思いが込み上げてくる。

「せっかく息子が助けた命だ。そう焦らずともよい」

ギデノルト王の言葉にハッと目を瞬いた。

彼は、今この瞬間フォルティーナが心に宿したものを感じ取ったのだろうか。

「ギデノルトでの暮らしはどうだ」

その声は父に比べると柔らかく聞こえるが、ルートヴィヒにはない重みがあった。

「畏れ多くも、たくさんよくしていただいております」

「そうか。環境ががらりと変わり慣れぬことも多いと思うが、そこのルートヴィヒが力になるだろう。何しろ、うるさいのは嫌だと別館に居を構えたのにもかかわらず、そなたに明け渡したくらいなのだから」

ギデノルト王はちらりとルートヴィヒへ目をやった。

国王夫妻の正面に座るフォルティーナからやや離れた位置に彼は着席している。

「フリンツァーは気の利く男ですからね」

ルートヴィヒが肩をすくめた。その声は平素と何ら変わりがない。

もとは彼の住まいだっただなんて露《つゆ》ほども知らなかったフォルティーナは動揺した。

顔色の変化に気付いたのか、ギデノルト王が問いかけてくる。

「恐縮するのなら、いっそのことルートヴィヒと二人で住んでしまえばいいのではないか。離宮といっても差し支えないほどの大きさだ。目くじらを立てる者もおるまい」

「父上」

ルートヴィヒが即座に割って入った。思いのほか強い口調だった。

二人は無言で視線を交わし合っている。

フォルティーナとしては別館は一人で住むには広いし、部屋も余っているのだから構わないのだけれど。むしろ自分が出ていった方が万事解決するのではなかろうか。

「あなた、物事には順序というものがありますよ」

王の隣に座る、金に似た明るい茶色の髪に青灰色の瞳をした王妃が静かに言った。その途端に男二人が視線を逸らす。

「この件については、おいおい調整するとしよう」

「調整も何も、未婚の女性と同じ建物で暮らすのは紳士としてどうかと思いますが」

「広義で言えば、今とて未婚の男女が同じ宮殿で暮らしておろう」

「それは屁理屈《へりくつ》というものです」

混ぜっ返したギデノルト王にルートヴィヒがぴしゃりと言った。

息子の強い口調にも王の顔は変わらない。

「さて、フォルティーナ姫よ」

「はい」

突然話しかけられたフォルティーナは返事をした。

「そなたがギデノルトに保護されたことは広く周知されておる。そろそろ人前に出る頃合いだろう。次の休息日にガルレ宮殿で行われる礼拝に出席してはくれないか」

突然のことに目を瞬きつつも、フォルティーナは再び「はい」と頷いた。

ギデノルト王は眉尻を下げながら、さらに続ける。

「では当日は、そこにおるルートヴィヒにエスコートする権利を授けてやってくれ。その方が多くの者と顔見知りになれるだろう。娘たちもその日に紹介しよう」

「は、はい……」

「父上――」

よく分からぬ流れのまま、もう一度頷いたフォルティーナに被せるようにルートヴィヒが声を出した。

しかし、それを絶妙なタイミングで遮ったのは王妃であった。

「そうそう、フォルティーナ姫はとても裁縫が上手なのだと聞いていますよ。わたくしは定期的に刺繍の会を開いているのよ。今度参加なさって」

フォルティーナは今回もまた「はい」と頷いたのだった。

面会の帰り道、ルートヴィヒはフォルティーナを散歩に誘ってくれた。

室内にこもりがちなフォルティーナに彼は「別館から見える範囲であれば、庭園内は好きに歩いてくれて構わない」と言った。

宮殿は広い敷地を有し、裏手には洗濯場や貯蔵庫、厩舎《きゅうしゃ》などさまざまな施設があるのだそうだ。そのような場所以外であれば遠慮するなと言いたいらしい。

彼は分かりやすいようにと、腕を前に上げて左右に動かしながら「ここから、あの辺りまで大丈夫だ」と教えてくれた。

ルートヴィヒに連れられて奥へ歩いていくと、大きな噴水が現れた。水深は浅いが白い大理石の中に溜められた水は青く輝いている。

社交の季節になると、中央の像から水が噴き出すのだと教えてくれた。

庭園を案内するルートヴィヒの表情は、どこか冴えない。

ギデノルト王との面会が終わってからずっとこの調子だ。

「あの……。わたしは何か、失敗をしてしまいましたか？」

フォルティーナはそろりと尋ねた。礼儀を欠かぬよう努めたつもりだが、もしかしたら及第点《きゅうだいてん》に届かなかった可能性がある。

ただでさえ己には足りぬものばかりなのだ。彼にこれ以上驚かれたり、失望されたりしたらと考えると、胸の奥がちくりと痛んだ。

「あなたは何の失敗もしていない」

「でも……。今朝と比べて声の調子が少し違うように思えます」

フォルティーナが見解を述べた途端、ルートヴィヒが歩みを止めた。

彼は困ったように眉尻を下げた。

憂いごとがあるのだろうかとじっと見つめていると、彼は観念したとでもいうように僅かに肩をすくめつつ言った。

「……少し、父上と意見を違えているんだ。大抵のことは父に従ってきたのだが……今回の件では、思うところがあって」

「お父上と……」

フォルティーナは目を瞬いた。父という存在は絶対だった。意見を違えるなど、考えられなかった。でも、目の前の彼はさほど重大なことでもないという風情だ。

「そう心配そうな顔をしなくても大丈夫だ。意見の相違があった場合は話し合い、妥協点を見つけることにしている」

ルートヴィヒはフォルティーナを安心させるように続けた。

さらに自嘲するような口調で「これは……俺の甘さなんだ」と呟いた。

彼は胸の内に何を抱えているのだろう。はしばみ色の瞳の奥に隠れているものへ手を伸ばしたくなる。

湧き起こった欲求に慌てて待ったをかけた。彼への興味をこれ以上抱いてはいけない。

ここは仮初《かりそめ》の居場所なのだから。

ギデノルト王より出席を求められた礼拝当日、フォルティーナはルートヴィヒと共に宮殿敷地内に立つ教会へ向かっていた。

建物へ近付くにつれて、その場に集う人々がこちらに気付き始める。

皆貴族階級に連なる者たちだ。礼拝への出席が目的のため、服装は華美ではない。しかし上質な生地で作られた衣装を身に纏っていることは見てとれた。

フォルティーナはごくりと唾《つば》を飲み込んだ。

多くの者たちの目が一斉に向けられる状況に慣れていないからだ。

「俺と一緒だということで注目を集めてしまっているが、礼拝が始まればやむだろう」

足取りを重くしたフォルティーナに気がついたルートヴィヒがそっと囁いた。

まずは、国王夫妻との挨拶だ。

ルートヴィヒは涼しげな表情を顔に張り付けている。帰国の際、集まる群衆に馬車の中から向けていた微笑みとは違い、どこか一線を引いているように見える。だからだろうか。教会の前に集う人々は彼の邪魔にならないよう、静かにその身を引いていく。

そのおかげでフォルティーナたちは誰に話しかけられるでもなくギデノルト王と王妃の前へたどり着くことができた。

ギデノルト王は先日の面会よりも明るい顔で出迎えてくれた。

「おお、フォルティーナ姫よ、よく来てくれた」

「お招きに与《あずか》り恐悦至極に存じます。王妃殿下もご機嫌麗《うるわ》しく存じます」

フォルティーナは丁寧に膝を折った。

「ごきげんよう、フォルティーナ姫。わたくしの子供たちを紹介するわ」

王妃が目配せをした。

近くに佇む少女二人と少年一人が順番に名乗り、礼をとる。皆フォルティーナよりも年下だ。

今は挨拶のみで礼拝ののち懇親《こんしん》の場が設けられているのだそうだ。

一度彼らと別れ、フォルティーナはルートヴィヒに案内され教会内へ入った。礼拝のさなか、ちらちらと視線が向けられているのを肌で感じ取った。

そして礼拝終了後。懇親会場へ案内されたフォルティーナに近付いてくる者があった。栗色の髪にはしばみ色をした瞳の少女は先ほど紹介されたルートヴィヒの妹リーズルである。

「ねえ、フォルティーナ姫。年も近いのだし、わたくしとも仲良くしてくれると嬉しいわ」

初対面の相手を前にしても臆《おく》することのない声を出す彼女は、先ほど十四歳だと言っていた。

お兄様」

「この国で暮らしていくのでしたら、フォルティーナ姫に同性のお友達は必須ですわよ、

「おい、リーズル」

リーズルはフォルティーナの手を取った。

「あちらでお話ししませんこと？」

「は、はい」


制止する兄の言葉を軽やかにいなし、リーズルは「さあ、あちらへ」と言い、フォルティーナを引っ張っていった。

懇談の場として開放されているのは、教会のすぐ隣に位置する本宮殿の続き間である。テラスから直接室内へ上がれるようガラス窓が開放されており、室内の扉も複数開け放たれている。壁側には懇談用と思しき椅子がずらりと並べられている。

リーズルはその一角にフォルティーナを連れていき、着席を促した。

すると同じ年頃の少女たちが即座に集まってきた。その数、十人以上。こんなにも多くの同性に囲まれることなど生まれて初めてだ。胸の鼓動がにわかに速くなる。

「そう硬くならないで？　わたくしたちはあなたと楽しくおしゃべりがしたいの」

「は、はい」

「ねえ、フォルティーナ姫、お兄様はどうやってあなたをお助けになったの？　聞かせてほしいわ」

リーズルがそう言えば追随《ついずい》するように「まるで英雄に助け出された姫の物語のようですわ」「王太子殿下のご活躍を知りたいですわ」などと少女たちが頷いた。

「お姉様、フォルティーナ姫にとっては辛い記憶のはずですよ。もう少し配慮なさいませ」

たじろぐフォルティーナを助けるかのごとく涼やかで凜とした声が割って入った。

少女たちの輪から数歩離れた場所に立つのはリーズルよりも年下の少女だ。先ほど紹介されたギデノルト王の三番目の娘だ。

「あら、マチルダ。お兄様がお助けになって、今こうしてギデノルトにいるのじゃない。ちっとも辛くなんてないわ。ねえ、みんな」

リーズルは周囲の少女たちを順番に見つめていった。

「無事にギデノルトに到着したのですから怖いことなんて何もありませんわ」

「麗しい王太子殿下に救われたお話を伺いたいですわ」

即座に同意を示す少女たちを満足そうに眺めたリーズルは、すっと立ち上がり、妹の前で足を止めた。

「フォルティーナ姫のことは、わたくしがお兄様から頼まれたの。子供のマチルダが口を挟むことではないわ。礼拝はもう終わったでしょう。子供はさっさと部屋へ戻りなさい」

上から言い含める調子の声はハイディーンに似ているように思えた。姉というのはどこものようなものなのかもしれない。

マチルダはリーズルに返事をすることなく、フォルティーナに目を合わせてきた。その視線を受け止めたフォルティーナはすぐに俯いてしまった。こちらの心の奥を読み取ろうとでもするような視線に臆してしまったのだ。

「お姉様と話すより読書をしていた方がよほど有意義だもの。これで失礼します」

マチルダはふいと横を向き、立ち去ってしまった。

妹を追い払ったリーズルは再びフォルティーナの隣に着席した。

「さあ、お話の続きをしましょう」

そう促されたフォルティーナはルートヴィヒが絞首刑会場に現れた場面を話した。しかし多く語れるほど何かあったわけでもない。結果すぐに話し終わってしまったフォルティーナは、これでよかったのか窺うように少女たちを見渡した。

「さすがはわたくしのお兄様。大活躍だったのね」

リーズルはにこりと笑った。

そこから一転、彼女はすっと笑顔を消し、フォルティーナにずいと身を乗り出した。

「でもね、一つ覚えておいてほしいの。お兄様は通りすがりに人助けをしただけで、フォルティーナ姫を特別にお思いになったなどということはないの」

「ルートヴィヒ殿下は優しい方だと思います」

冷え冷えとした視線の意味を測りかねながらフォルティーナは頷いた。

「そう、お兄様はとってもお優しいの。立ち居振る舞いも洗練されていて、誰にでも笑顔で接するでしょう。勘違いする娘がぽんぽん現れて困っているのよね」

最後にリーズルは大袈裟にも思えるため息を吐いた。

何を勘違いするのか意味は取れなかったが、周りの少女たちも一様に頷いているため由々《ゆゆ》しき事態なのだということを察する。

「わたくしはあなたたちに対しても忠告しているのよ」

同時にリーズルは少女たちを睥睨する。

その視線を避けるように彼女たちは目を伏せた。

「何黙っているのよ。次のわたくしのお茶会に呼ばな――」

さらに彼女が言い募ろうとしたのと「リーズル」と言いながらルートヴィヒが近付いてきたのは同時だった。

「そろそろフォルティーナ姫を返してもらおう。他に紹介しておきたい者たちがいるからな」

「お兄様！　そんなことより、わたくしとお話ししてほしいですわ。ここはうるさいですからあちらへ行きましょう」

兄の登場にリーズルがパッと顔を輝かせた。俊敏《しゅんびん》な動作で彼の隣へ行き、甘えるように腕を絡める。少女らの瞳に羨望《せんぼう》の色が浮かぶ。

「今はだめだ。時間がない」

「今日の夕食はご一緒してくださいます？　遊戯盤の勝負がお預けになってますわよ」

「時間が取れればな。……フォルティーナ姫、行こう。紹介したい者がいる」

フォルティーナは立ち上がった。

ルートヴィヒの側へ寄れば、背中に腕が回された。ただし、触れることはなかった。これもエスコートの一種なのだろう。

歩き出したルートヴィヒは内緒話をするようにフォルティーナへ顔を寄せた。

「リーズルは遠慮を知らないところがある。失礼を働かなかったか？」

「ゲルンヴィッテでのルートヴィヒ殿下の様子を尋ねられたので答えました」

「ならいいが……」

この話題はここで終了となった。

次の間に入ったその時、フォルティーナたちの前方に立つ一人の男性が礼をとった。

隣から小さく息を吐く気配が伝わってきた。

「レニエ公爵か。息災か」

「ご機嫌麗しく存じます。ルートヴィヒ王太子殿下」

王太子の声かけに、薄茶色の髪を後ろで結んだ壮年の男が歩み寄り、再度礼をとった。年の頃は、ギデノルト王と同じくらいに見えた。

顔を上げたのち、彼はフォルティーナへ視線を向けた。

「おお、こちらが悲劇の姫君ですかな」

「フォルティーナ・メル・ゲルンヴィッテと申します」

大きな声に面食らいつつ挨拶をすると、彼は薄緑色の目をすうっと細めた。人を値踏みする眼差しだ。マイス軍に拘束されて以降これを何度も経験した。慣れるものではなく、僅かに身を固くする。

「王太子殿下のご厚情により、大層な厚遇を受けていると聞き及んでおりますよ。しかし、ゲルンヴィッテ王のあれは、自業自得または身から出た錆《さび》とも言えますな」

「レニエ公爵」

ルートヴィヒが呼びかけるもレニエ公爵の舌鋒《ぜっぽう》は止まらない。

「かの王は内政をおろそかにし、妄執《もうしゅう》に取りつかれ戦を繰り返してばかりいた。東側の、ゲルンヴィッテに併合された国々は、ようやくゲルンヴィッテが倒れ喜んでいるのだとか。民たちも上が代わって、ようやく生活がマシになったと胸を撫でおろして――」

「レニエ公爵。姫君の前で、今言うことか？」

ルートヴィヒの声に怒気が交じった。

しかしレニエ公爵は悪びれる様子もなく、ゆるりと口角を持ち上げるばかり。

「姫君に世間の声を聞かせて差し上げたまででございます」

「恣意に満ちた意見を、よくも世間の声などと言えたものだな」

ルートヴィヒが吐き捨てた。

「至極一般的な世間の声ですよ。まあ、それはさておき、没落した家の娘を殿下自らエスコートする必要はございませんでしょう。娘を持つ者たちは皆、驚いておりますよ」

「彼女を連れ帰った者の責務を果たしているだけだ。国王陛下からも、フォルティーナ姫に礼を尽くすよう、よくよく言われている」

「なんと……国王陛下が――」

レニエ公爵は小さく息を呑む。まるで雪が積もる庭で満開の薔薇《ばら》でも見つけたかのような顔つきだ。

「陛下は常にさまざまなことを考えていらっしゃる」

そうつけ足したのち、ルートヴィヒはもういいだろうとばかりに足を踏み出そうとする。

まだ会話を終わらせたくないと考えているのか、レニエ公爵がフォルティーナへ視線を据えた。

「フォルティーナ姫、あなたもそれを望んでいるのですか？」

「わたしは……」

彼らの会話が何を指しているのか、隣で聞いていてもさっぱり分からなかった。二人は核心的な単語を一つも口にしなかったから。

ただ、望みは何かと問われたら、フォルティーナが望むのはたった一つ。

静かな死を――。

しかし、先ほど礼拝に出席した身で、自らそれを望んでいるなどと口にすることはできなかった。

「ルートヴィヒ殿下のお役に立ちたいです」

心の奥に秘めた一番の望みではなく、隣に佇む男性から施された親切に報いたい。その気持ちを唇に乗せた。


礼拝に出席して以降、フォルティーナのもとには招待状が届くようになった。

差出人はさまざまだ。王妃やリーズル、そして貴族の家々。

王族以外からの招待状はまずフリンツァーが仕分けを行い、ルートヴィヒに渡された。

手紙は差出人によっては、宛名に書かれた本人に届くまで時間を要するのだと学んだ。

ルートヴィヒは以前フォルティーナが口にした、静かに暮らしたいという言葉を尊重してくれているようで、気が進まなければ招待に応じる必要はないと言った。

ただ、フリンツァーや女官たちは、フォルティーナが別館に閉じこもりがちなことを気にしている模様だ。それとなく、宮殿に住まう女性たちとの交流から始めてみてはどうかと勧められた。

彼らが全くの厚意で言っていることが分かるため、そしてフォルティーナは彼らの優しさを撥ねのけたくなかったため、頷いた。

それを受けて侍女たちが嬉々として準備に勤しんだ。

数日後、フォルティーナは外出用のドレスを着付けてもらった。

これまでの借り物の衣装ではなく、リューデルに店を構える王家御用達の仕立て屋から届けられた、フォルティーナのために仕立てられたものだ。さらに靴や日傘、ブローチや髪飾りなどの装飾品も届けられていた。これらを手配するようフリンツァーらに言いつけたのはルートヴィヒだというから、彼への恩が積み上がっていくばかりだ。

金の髪が映えるように淡い色のドレスを身に纏ったフォルティーナは、外見だけは一端の淑女《しゅくじょ》になった。

王族や貴族の女性たちは自身の住まいの一室でサロンを開くのだという。

これは以前ハイディーンも口にしていたため、知識として有していた。ただし、足を踏み入れたのはこれが初めてである。

女官に先導され入室した室内は落ち着いた黄色の内装で調えられていた。

椅子の座面や背もたれ、クッションも同系色で統一されており、つる薔薇や百合などの花々の模様が人々を楽しませる。

本日のサロンの主催はギデノルト王妃である。

参加者はフォルティーナを含めて十人いない程度の規模。年代はバラバラだ。リーズルとマチルダの姿もある。

王妃は参加者全員へ一つ二つ質問をしていった。そして返された言葉に相槌を打つ。主催者は招待客全員と挨拶を交わすのだ。

一人、また一人と順番が近付いてきて、ついにフォルティーナの番になった。

招待状に添えられた一言にもあった通り、王妃はフォルティーナの裁縫について言及した。

フォルティーナは女官の提言通り「今日はいくつか作品を持参しました」と返した。

それを合図に壁際に控えていた女官が王妃にフォルティーナの作品を手渡す。

「美しい仕上がりね。リーズルとマチルダに見習わせたいわ」

王妃の近くに着席する婦人らも目を柔和に細めて「見事なものだわ」などと頷き合う。

フォルティーナが縫物をするのは、それくらいしか許されなかったからだ。

健康維持のため、日に一度の散歩を許されていたけれど、父はフォルティーナを外へ出すことを基本的に厭っていた。

話題が一巡すると徐々にサロンの空気は緩んでいき、カップの中身が一度なくなる頃には、席の移動が行われるようになった。

フォルティーナはリーズルとマチルダとテーブルを囲む。

年の近い者同士、話が合うだろうという王妃の気遣いであろう。

「前回はあまりお話しできなかったものね」

リーズルは軽やかに微笑む。レースやリボンをたっぷり使った薔薇と同じ色のドレスを完璧に着こなした彼女は、このサロンによく馴染んでいた。

「ねえ、フォルティーナ姫。あちらの宮殿ではどのようなものが流行っていたの？」

「流行り……？」

「あの音楽家はゲルンヴィッテの宮殿も訪れたことがあるのかしら？」

そう言って彼女は、一人の男性の名前を挙げる。その男性が訪れた国の名前も同時に告げられたが、フォルティーナが教えられた外国とは、旧聖ハイスマール帝国の領内に存在する国だけのため、初めて聞く国名に対応することができなかった。

「あら、音楽はあまり好きじゃないのかしら。じゃあ詩人は？　それとも歌劇の方が好き？　戯曲作家は？　どういう作風が好みかしら」

　リーズルが矢継ぎ早に尋ねてくるから、フォルティーナは返答に窮《きゅう》し「分かりません」という答えを繰り返すのみになってしまう。

　そのせいか、リーズルの纏う空気がどんどん白けたものへと変わっていくのが分かった。

「つまらないお人。あんまり話が合いそうもないわ」

「フォルティーナ姫はお姉様とは違ってミーハーではないのよ」

　乾いた声を出すリーズルをマチルダが窘《たしな》める。

　鋭く睨みつけるリーズルには目もくれずマチルダが話しかけてきた。

「フォルティーナ姫は刺繍の他に、何をして過ごしていたのですか？」

「ええと……歴史や古語、古典ばかりを読んでいました」

　過去を知ることは、父も咎《とが》めなかった。

「まあ、古語と古典！　なんてつまらないの」

　リーズルは信じられないとでもいうように声を上げる。

「どちらも教養ですよ、お姉様」

「そんなものばかり読んでいたら、おまえみたいな可愛げのない女になってしまうわ」

「お姉様のような上っ面ばかりの浮ついた女よりはましよ」

「言ってくれるわね」

　止める術を持たないフォルティーナがおろおろする前で、このような言い合いは日常茶飯事なのか、二人はぴたりと口をつぐんでそっぽを向いた。


　別の日、フォルティーナはとっぷり日が暮れた夜の庭園に降り立った。

　夕食が済み、寝支度を終えたあとのひと時はフォルティーナが一人になれる時間だ。

　夜の静謐《せいひつ》な空気を吸い込む。ひんやりした空気が肺の中を満たす。

　フォルティーナは空を見上げた。黒いインクを流し込んだような空に瞬く星々は、ゲルンヴィッテの小さな塔から眺めていたものと変わらない。

　随分と遠い場所に来たけれど、太陽も月も星もゲルンヴィッテで見ていたものと同じ。

　草木の香りも大地の匂いも。肌を撫でる風も。全部自分が知るものと同じ。

　煉瓦《れんが》道を歩き、少しした場所で逸れる。芝生の上に腰を下ろし、そのまま大地に横になり、頬をつける。

　フォルティーナが奇行とも取れる振る舞いをするようになったのは、母との会話を思い出したからだ。

――女神は、うんと昔に大地に溶けてしまわれたのよ――

――もういないの？――

――眠りにつくのだと言い伝えられているわ。力を失くした神々は、消滅したり、小さな妖精になったり、自然と同化したり……。そうしていつの日か、永い眠りにつくのだそうよ――

母が亡くなる前だから、七歳か八歳頃の記憶だろう。

(今もまだ女神はこの世界に留まっているのかしら。それともすでに永い眠りについてしまった？)

大地に耳をつけたら何か聞こえるだろうか。もしかしたらフォルティーナが持つ女神の祝福に気付いてくれるかもしれない。

女神の伝承を信じきれていないのに、こうして女神の存在を確かめようとするのは、自分の心に溺れそうだからだ。

外の世界を知ることで、少しずつ、少しずつ、自分の心が変わっていくのを感じる。

無知な自分を恥じる気持ち。

優しくしてくれた人のために何かしたいという気持ち。

外の世界のことを知りたい、学びたいという気持ち。

それらに蓋をするようにフォルティーナはぎゅっと目をつむった。

固く閉ざしたはずなのに、心の欠片は外へ溢れ出ようとする。

生きたいという意志に繋がるように思えて、フォルティーナは罪の意識に苛《さいな》まれる。父の役に立てなかった自分は、生きているべきではない。胸の奥でもう一人の自分がそう主張する。

(どうして祝福は発現しなかったのですか？　お願い。答えて。教えて)

今日も大地に同化したという女神に問いかけた。

しかし、周囲は静かなまま。応じる声は何もない。

――眠りについて千年は経ったはずよ。だから、祝福の印を持っていても……意味なんてないはずなのに……――

悲しみを宿した母の声が脳裏に蘇った。

「フォルティーナ姫」

頭上から声が降ってきた。

フォルティーナはぱちりと目を開く。

角灯《かくとう》を手にしたルートヴィヒの姿があった。

「俺のことが分かるか？　今日の日付は？」

彼は素早くフォルティーナの隣に膝をついて質問してきた。

内心首を傾げながらフォルティーナは身を起こし、素直に彼の求める答えを口にした。

ルートヴィヒが安堵の息を漏らす。

「突然どうしたのですか？」

「それはこちらの台詞だ。ここ最近、フォルティーナ姫がふらふらと出歩いている。夢遊病かもしれないとフリンツァーから相談を受けた」

「お散歩をしても構わないとおっしゃったのはルートヴィヒ殿下ですが……だめでしたか？」

小さく首を傾けると、ルートヴィヒが眉間にしわを寄せた。

「だめではない。だが、どうして寝支度を済ませたあとなんだ」

「……人に見つかると……よくないと思ったのと……一人がよかったのと、両方です」

芝生とはいえ、ごろんと寝転ぶことは礼儀から外れているだろうとは、一応フォルティーナにも想像がつく。

後半部分は女神云々を誤魔化《ごまか》すためだったのだが、口にした途端にしっくりきた。理由の一つになっていたのだろう。

「それはすまないことをした。しかしだな、暗い庭園を明かりもなしに出歩けば、怪我をする恐れがある。だいたい、その薄着はなんだ。風邪を引いたら大変だろう」

ルートヴィヒは説教と心配を同時に行うのだから器用だ。

そして彼はここから立ち去るつもりはないらしい。一人がいいと言ったのにフォルティーナの隣に腰を下ろしたではないか。おもむろに上着を脱いでフォルティーナに手渡してきた。

着ろということらしい。素直に従うと、彼は満足そうに頷いたのち、腕を伸ばしてきた。

その手がフォルティーナの頭を掠めた。

「葉がついていた」

それきり、二人の間に沈黙が落ちる。

見上げた星々を、隣でルートヴィヒも眺めているのだろうか。

一人がよかったはずなのに、隣に感じる彼の気配が嫌ではなかった。

星空の下で、どれくらい経ったのだろう。

「何か……あったのか？」

ぽつりと、彼が呟いた。

「……母との会話を……思い出したのです」

夜の闇に、フォルティーナの声が溶け込む。

「先のゲルンヴィッテ王の妃は、随分前に亡くなったのだったな」

フォルティーナはこくりと頷いた。

「間もなく俺は旧ゲルンヴィッテへ出立する。その時に、母君の品を何か持ち帰ることができるよう尽力する」

「何かあるのですか？」

「国際会議が開かれる。かつて、先のゲルンヴィッテ王に併合された国々の帰属先を話し合うんだ。ギデノルトは先の戦で中立宣言をしたが、マイスに余計な力をつけさせたくはない。そうなれば今度は我が国が脅威にさらされる」

「ルートヴィヒ殿下は……お父様と同じ考えではないのですか？」

「俺は旧聖ハイスマール帝国の再興は別に考えていないな。あの帝国は領土を広げすぎた。内部に複数の問題を抱え、蓄積《ちくせき》されたそれらが決壊し、その結果、崩壊した」

特に旧帝国の東側、父王が併合した国々は、住んでいる民族と言語がフォルティーナたちとは違っていた。ゲルンヴィッテやギデノルト、マイスは同じ言語を使用する。民たちがいただく王は、時代によって支配する地域が異なり、今は国境で分かたれている地方が過去に同じ王をいただいたこともあった。

「俺はどちらかというと技術改革を押し進めたい。石炭を使った動力を応用する研究が各国で進められているんだ。それらを使えば、風の力に頼りきりだった船を自在に動かすことも夢ではないはずだ」

フォルティーナは眩しさに目を細めた。彼の身から生きることが楽しいのだという思いが感じられたから。

きっと、憧れもあった。

（だめ。これ以上は考えない……）

彼の側にいてはまた蓋が開いてしまう。それを避けるために立ち上がった。

「もう部屋に戻ります」

「そうだな。その方がいい」

フォルティーナの隣にルートヴィヒが立つ。

明かりを持っていないフォルティーナへの配慮だろう。送ってくれるつもりらしい。

「人のいない庭園なら、早朝もおすすめだ。俺は早起き派なんだ」

夜は出歩くなという遠回しな警告であった。

数回実施して成果が得られなかったのだから、この辺りが潮時だろう。フリンツァーにも知られていたと聞かされればやめるほかない。

「気分転換に馬を走らせたりもする」

そう続けた彼は馬場への行き方をフォルティーナに教えてくれた。


ルートヴィヒと二人で星空を見上げて以降、数日に一回のペースで朝の散歩に出かけるようになった。

特にこの日と決めているわけではなく、朝早く目覚めた日や青い空に誘われた日に、ふらりと庭園を歩く。

だから夕食後、フリンツァーから「明日は、早起きをして散歩に行かれてはいかがでしょうか」と提案されたフォルティーナはほんの少し目を丸くした。

「何かあるのでしょうか」

「そうですね。明日は天気がいいそうですよ」

フリンツァーはにこにこした顔で返事をした。

昨日も今日も清々しく気持ちのよい好天だったため、大きな違いを見出すことはできなかったが、早起きをするくらい大した労力はかからない。

承諾したフォルティーナはいつもより気持ち早い時間に寝台に入った。

翌朝、目覚めたフォルティーナが置時計に目をやると、針は六時半を少し過ぎた頃を指していた。顔を洗い、髪を梳かして着替えたのち、階下へ向かう。

「おはようございます。フォルティーナ様」

早朝にもかかわらずフリンツァーは隙のない出で立ちである。ひげはきちんと剃られているし、髪の毛は後ろに丁寧に撫でつけられている。もちろん靴もぴかぴかだ。

「おはようございます」

挨拶を返しながら、おや、と思う。見慣れないバスケットを彼が手に持っていたからだ。

「お散歩のお供にどうぞお持ちください」

「ありがとうございます」

ずいと差し出されたそれを、お礼の言葉と共に受け取る。さらに見送りに外まで出たフリンツァーは庭園のおすすめの場所まで教えてくれた。

せっかくだから彼の意見に従うことにする。

歩いていると、ふわりと小麦粉とバターの香りが漂ってくることに気がついた。胃がきゅうと収縮する。バスケットの中身は確かめるまでもなく食べ物だと推測された。

（これを持って……わたしはどうしたらいいのかしら？）

フリンツァーに言われた通り、小道を抜けギンバイカの木立へ。次第に景色が開けてくる。前方に囲いが立っているのが見えた。中に何かがいる。姿かたちが見えてくる。馬である。

興味を引かれたフォルティーナは柵へ近付いた。

馬車に繋がれていない馬を見るのは初めてだ。皆、柵の中で悠々と動き回っている。人に気付いた馬もいるが、知らん顔だ。

そのぶっきらぼうさが心地よくてぼんやり眺めていると、ザッと大地を踏みしめる気配を感じ、顔をそちらへ向けた。

騎乗姿の男性たちが近付いてくる。黒髪の青年だった。

「フォルティーナ姫、ここで何をしているんだ？」

先頭に立つルートヴィヒが目を丸くし尋ねてきた。

「フリンツァーから朝の散歩を提案されました」

「それは？」

ルートヴィヒの視線はフォルティーナが持つバスケットへ向けられる。

「彼に渡されました。どうしたらいいのでしょうか」

答えながら二歩、三歩と後退した。近くまでやってきた馬は存外に大きい。多分、噛むことはないと思うけれど、積極的に近付きたくはない。

ルートヴィヒは口の中で「フリンツァーめ」と言い、馬から降り立った。

「厩《うまや》へ行ってくる。少し待っていてくれ」

彼は馬の手綱《たづな》を引き、くるりと踵《きびす》を返した。他の二頭がそれに続く。王太子であるルートヴィヒは騎士を連れている場合がほとんどだ。何か用事があったのだろう。

三人を見送ったフォルティーナはベンチを見つけ、着席した。隣にバスケットを置く。

風の音や小鳥の歌声を聴き、柵の中で動き回る馬たちを見つめていれば退屈はしなかった。

そよ風がフォルティーナの髪の毛で遊ぼうとするのを制していたら、離れたところから「フォルティーナ姫、待たせた」というルートヴィヒの声が聞こえてきた。

白いシャツの上にジレを着付けただけの簡素な姿だ。クラヴァットすら巻いていない。

「その中身は、多分フリンツァーなりの気遣いだ」

「気遣い？」

「俺は少し前までフリンツァーの世話になっていたからな。公務で宮殿を空ける前は大抵、馬を走らせるんだ。そういう時、フリンツァーは朝食をバスケットに詰めて持ってきてくれたんだ。その役目をフォルティーナ姫に頼んだのだろう」

「そのようなこと……一言も」

「どうやらフリンツァーは父上の味方らしい」

彼の声に少しだけ棘《とげ》が交じる。

「お嫌……でしたか？」

「いいや。ちょうど腹が減っていたんだ。一緒に食べよう」

ルートヴィヒがふわりと口元を綻《ほころ》ばせたから、フォルティーナもつられるように同じものを顔に浮かべた。

その直後、彼が息を止めたかのように静止した。

「どうしました？」

完全に無意識だったせいで、フォルティーナは自分が微笑んだことに気付いていない。

「何でもない」

バスケットを隔てて隣に腰を下ろしたルートヴィヒがバスケットの上に載せられていた布を取り払う。

中から丸いパンが顔を覗かせる。ほんのりと温かいそれにはハムとチーズが挟まれている。それからビスケットと瓶詰めのジャム。銀のポットの中身はスープであった。

「外で食事をしてしまって、大丈夫なのでしょうか」

「こうやって野外で食事をすることをピクニックというんだ」

布巾《ふきん》で手を拭ったルートヴィヒがパンを取り出し、フォルティーナへ手渡した。

受け取ったフォルティーナの横でルートヴィヒがパンにぱくりとかぶりついた。

彼に倣ってパンを口へ運ぶ。挟まったハムとチーズの塩味が甘い小麦の風味と溶け合う。

「おい……しい……」

「外で食べるのも悪くないだろう？」

「はい」

フォルティーナは素直に頷いた。

するとルートヴィヒが破顔した。目が吸い寄せられる。涼しい顔や厳しい顔、それから仮面のような微笑み。さまざまな顔を持つルートヴィヒは、こんな風に楽しげに笑うこともあるのだ。

「明日から宮殿を留守にする」

「はい」

「帰ってきたら、馬の乗り方を教えてやろう」

「……」

あれに自分が乗れるとは到底思えない。

「遠慮するな」

さらに彼が言った。どこか楽しそうだ。

無理だと思うのに、ルートヴィヒが馬に乗る姿はまた見たいなどという思いが浮かび、フォルティーナは慌ててそれを打ち消した。


リーズルの目の前に座るフォルティーナはちくちくと針を刺している。

刺繍は淑女の嗜みのうちの一つだ。さまざまな色の糸と技法を駆使し、花々や風景などを布の中に閉じ込める。

ご婦人の中には屋敷の応接間を彩るクッションカバーを全て自分で縫う者もいるのだとか。リーズルには信じられないし、やりたいとも思わないけれど。

（どうしてお兄様はフォルティーナ姫のことばかり気にかけるのかしら……）

旧ゲルンヴィッテへ旅立つ兄は王妃に「フォルティーナ姫のことを、よろしく頼みます」と言ったのち馬車に乗ってしまった。

湧き起こったのは苛立ちと反発心だった。

数日前のことなのに、思い出すと未だに胸がむかむかする。

「まあ、フォルティーナ様は見事な刺繍の腕をお持ちなのですね」

「ハイディーン姫も素晴らしい刺繍の技術をお持ちだったと人伝《ひとづて》に聞いたことがございます。姉妹揃って素晴らしいですわね」

参加する娘のうち一人がフォルティーナを褒めれば、もう一人が追随した。

「ありがとうございます」

「何か、コツはございますの？」

「……黙々と手を動かすことくらいしか……分かりません」

娘の質問にたどたどしく答えたのち、フォルティーナは視線を下に落とした。

会話をぶった切られた彼女は顔に困惑を張りつけながら「でしたら、少しの間フォルティーナ様のお手元を観察……させていただきたいですわ」と言葉を重ねた。

助け船を出す気にもなれず、リーズルは冷めた目でフォルティーナを見つめた。

（ただの陰気で面白みのない女じゃない。これのどこがいいの？）

リーズルにとって八歳離れた兄は自慢の存在だった。すらりとした体軀に艶のある黒髪、そして整った顔立ち。若い娘が憧れる要素を全て兼ね備えた美青年。

十四歳になり大人たちの社交の場へ顔を出し始めたリーズルは、ルートヴィヒからエスコートを受ける機会が複数回あった。

集まった貴族の娘たちの羨望の眼差しといったら！

なんて最高なのだろう。嫉妬と羨望が交じった視線を受ければ、王子様を独占している優越感に浸ることができた。

ルートヴィヒは特別な存在を作らない。だから我儘《わまま》を言っても許されるのは自分だけ。お兄様はわたくしだけのお兄様なのだ。この立ち位置をそう易々と他の女に渡してやるものか。

それなのに、隣の国からやってきたフォルティーナのせいでリーズルの立場が揺らぎ始めてしまった。

旧ゲルンヴィッテから元王女を連れ帰るのは別にいい。政治の難しいことはリーズルには分からないけれど、何かしら利用価値があるのだろうと考えた。

しかし、必要以上に接触しすぎではないか。そのことが面白くない。

さらにリーズルにとって面白くないことに、なんと父はフォルティーナのことを悪くない娘だと考えている節がある。何が悪くないのかといえばルートヴィヒの妃にである。

ちゃっかり宮殿の敷地内に住み始めたフォルティーナは母であるギデノルト王妃から女官と侍女を借り受けた。王妃が年頃の娘に女官と侍女を貸し出すなど、そんなの未来の義娘として認めたも同然ではないか。

リーズルはそれとなく尋ねた。「お母様は、いつまでフォルティーナ姫に女官と侍女を貸したままにしているの？」と。

「いつまででも構わないわ。彼女にも人手が必要でしょうし」と返されたから頭の血管が切れてしまいそうなくらい腹が立った。

一応リーズルだって理解はしている。ルートヴィヒは王太子だ。いずれは妃を娶《めと》らなければならない。

しかし、それは何も今でなくてもいいはずだ。リーズルが十六、七になって婚約が整うまでは自分だけの王子様でいてくれたっていいではないか。

（それにあんな女にお兄様を取られるなんて嫌よ。わたくしよりも優れているところなんて一つもないじゃない）

非の打ちどころのない女性なら認めざるを得ないけれど、あんなぼんやりした没落娘にルートヴィヒを取られるなどまっぴらだ。

父も母も当てにならないのなら、自分でどうにかするまでだ。

リーズルは兄が不在のうちにフォルティーナをどこかへやってしまおうと考えた。

刺繍の会を開き、彼女を招いたのはそのためである。

「ねえ、フォルティーナ姫。あなた、ギデノルトで暮らし始めてどのくらい経過したのかしら？」

リーズルは気のない体で話しかけた。

針を動かす手を止めたフォルティーナは考える素振りを見せる。

「一か月は経過しました。細かくは……すみません」

「そう、ひと月も経ったのね。じゃあ、そろそろ次のことを考える頃合いではないかしら」

「次……ですか？」

「あなたが今住んでいる別館は、元々お兄様が住まわれていたの。ご存じだった？」

「……はい」

フォルティーナは小さく頷いた。

（なんだ。知っていたの。それでいて厚かましくもずっと居座っていたってわけ）

リーズルの中でフォルティーナの印象がさらに悪くなった。

「お兄様はこの国の王太子で、重責を担っているわ。住み慣れた別館を追い払われて、きちんとお休みできているのかしら？　みんなもそう思うでしょう？」

リーズルの呼びかけに同席する少女たちが大きく頷く。

「本当にその通りですわ」

「わたくしたち、王太子殿下のことが心配ですわ」

彼女たちはリーズルの意図を汲み、機嫌を損ねないよう立ち振る舞う。王女が主催する会なのだから当然だ。

「わたくし、お兄様にはきちんと休息をとっていただきたいわ」

頬に手を当て、リーズルはわざとらしくため息を吐く。

「ねえ、フォルティーナ姫。宮殿は何かとうるさいでしょう。あなたは大人しい性質のようだし、わたくしたち家族と一緒にいるよりもお一人が好きなのだったら、リューデルから少し離れた場所にあるお城へ静養に出かけたらいかがかしら」

リーズルはこの提案が親切心からくるものなのだという顔を作った。本人の口から出ていくと言われればルートヴィヒだとて強くは引き留められないに決まっている。

大体兄は優しすぎるのだ。こんな女のためにわざわざ王妃に遣いをやって女官と侍女を借り、さらには財布から当面の生活費まで出しているというではないか。

(わたくしだってお兄様にドレスや装飾品を買ってもらったことなんてないのに!)

瞳を揺らがせながらフォルティーナが口を動かす。

「それは……ルートヴィヒ殿下のお帰りを待たずに……でしょうか」

「早い方がいいわ。長旅でお疲れのお兄様に別館を返してあげたいと思わなくて?」

「殿下は……わたしに……帰ったら馬の乗り方を教えるとおっしゃいました」

フォルティーナが言った直後、リーズルの脳裏に数日前の朝の光景が蘇った。宮殿の馬場近くのベンチに座り仲良く朝食をとっている二人の姿。まるで歌劇の一幕にも似た、逢引きをする姿に打ちのめされたリーズルは足がぐらついてしまった。

二人の間に入っていくことができずに引き返し、部屋に帰った途端に猛烈に腹が立った。

忙しいルートヴィヒに構ってもらいたくて早起きまでしたというのに！

あの光景を思い出させるようなことを今言うだなんて。

「今、出ていったら約束を破ることになります」

フォルティーナが続けた。静かな佇まいと儚げな印象から、数で押せば了承をもぎ取れると踏んでいた。思わぬ反撃に内心ギリリと歯噛みした。

「フォルティーナ姫、王家の離宮に滞在できる権利など普通はもらえませんわよ」

反論を忘れたリーズルに代わり別の少女が口を開いた。

青いリボンで金髪を結んだレニエ公爵家の娘デリアだ。会の開始時から彼女はフォルティーナを静かに観察していた。

デリアはリーズルが開く集まりに足繁く通う娘のうちの一人だ。

あまり好きではないが、公爵家の娘なので、仕方なしに呼んでやっている。

「フォルティーナ姫の不幸な境遇にはわたくしも同情しますわ。ルートヴィヒ殿下もあなたを可哀そうだと思われたから手を差し伸べられたのでしょう」

彼女の参戦は十分理解できた。ルートヴィヒの妃の座を目指し、親子共々外堀を埋めようとせっせと活動していたところに、当の王太子本人が隣国から元王女を連れ帰り世話を始めたのだ。当然面白くない。この機会に追い払ってしまおうと攻勢に出たのだ。

「いつまでもルートヴィヒ殿下を煩わせてはいけませんわ。あなたが別館に居座り続けるのは、ルートヴィヒ殿下にとって迷惑なのです」

リーズルは内心にんまりと笑った。ここまで言われれば出ていく気になるだろう。

皆が固唾《かたず》をのんでフォルティーナの返答を待つ。

衆目が集まる中、彼女は目を伏せながら幾度か瞬きをした。

さっさと出ていくと言ってしまえ。焦れつつフォルティーナを見つめる。

「わたしは……ルートヴィヒ殿下に迷惑などと言われたことは一度もありません」

静かな室内にフォルティーナの声が響いた。

リーズルはその日も翌日も機嫌が悪く、侍女たちに当たり散らしたのだった。


作戦失敗に終わったリーズルはいらいらする気持ちを抱えながら次の一手について思いを巡らせていた。

早くしなければルートヴィヒが帰国してしまう。その前に物理的に二人の距離を遠ざけてしまいたい。

前回同様、近い年頃の少女たちを集めた園遊会の場で、リーズルは駒《こま》になりそうな貴族の娘を物色していた。

ちなみにこの園遊会にはフォルティーナも出席している。両親の手前もあり、声をかけてあげたのだ。そんな彼女は会場となっている庭園の木の下に設えられたベンチにぽつりと座り、存在感を消している。

やはりあのような根暗女は兄に相応しくない。だって、あれが兄の妃になってしまえばリーズルは頭を下げなければならなくなる。そんなの絶対に嫌だ。

園遊会も中盤になった頃、一人の娘がリーズルへと近付いてきた。

「リーズル様、少しお話を聞いてくださいません？」

「ええ、別に構わないわよ」

リーズルはデリアに向けて鷹揚《おうよう》に頷いてやった。

普段リーズルは格下の貴族の娘から面会希望を受けても簡単には応じない。王女の時間は安くはない。簡単に会えると思われてしまえば己の価値が下がってしまう。

ただし社交の場で少し時間を取ってやるのは珍しいことではない。今日もすでに幾人かの娘と一対一で会話していた。

「リーズル様は、ゲルンヴィッテの元王女が義姉になることをお許しになるのですか？」

デリアの希望に添い参加者たちから目につきにくいベンチに腰を下ろした途端のこの台詞である。

「さあ。わたくしからは何とも」

リーズルはあえて気のない返事をした。

「わたくしは、反対です。もちろんわたくしの父も。ルートヴィヒ殿下の妃には、亡国の元王女ではなく、ギデノルトの益になる娘を選ぶべきですわ」

デリアは、はっきりと不満の色を瞳に宿す。

(まるで自分こそがお兄様の妃に相応しいって言い方ね)

デリアのこういうところが前々から気に食わない。はっきりいって嫌いだ。

それは向こうも同じであろう。公の場でルートヴィヒに遠慮なく甘えるリーズルのことを邪魔な存在だと、デリアが考えていることくらいお見通しである。

しかしデリアはフォルティーナの登場によって、その感情に一時的に蓋をすることに決めたらしい。

「レニエ公爵家は随分と大きな口を叩くのね。自分ならお兄様の益になると考えているの?」

「もちろんですわ。我が家はギデノルトになくてはならない存在ですもの。これまでの献身を鑑《かんが》みれば陛下だとて無下にはできませんわ」

まるで自分たちがいなければ、このギデノルトがなくなってしまうのだとでも言いたげだ。随分と調子に乗った物言いである。

ギデノルト王家から爵位を授けられただけの家のくせに生意気な。カチンときたリーズルは目の前の娘の主張を一笑に付した。

「旧聖ハイスマール帝国を構成していた王家や大公家ですらない、たかだかギデノルトの一公爵家の分際で、大きな顔をしないでほしいわ」

デリアの瞳の中に一瞬だけ屈辱の色が浮かび上がる。それでいい。

上下関係をはっきりさせたのち、リーズルは声を和らげた。

「話が逸れてしまったわ。わたくしはお兄様とフォルティーナ姫のことに口出しできないのよ。お母様に釘を刺されてしまったの」

「王妃様が……」

デリアが思わずといった風に呟いた。

「お母様ったらお兄様の頼みに応じてご自分の女官と侍女をあっさりフォルティーナ姫へ貸してしまったの。無期限に。わたくしはまだ早いと思ったのだけれどね」

「まさかそのような――」

「あ、お母様からまだ内緒よって言われていたのだったわ。ごめんなさいね。うっかりしてしまったわ」

もちろん意図的に明かしたのだが、リーズルは慌てたふりをする。

隣のデリアはそんな演出など気にもしていなかった。否、できなかった。

王妃がフォルティーナへ自分の女官と侍女を貸し与えるなど、お妃教育を始めたも同然だからだ。

「お兄様はどうかしているわ。以前だったら一人の女に骨抜きになんてされなかったのに。ゲルンヴィッテからギデノルトへ帰る際中、二人はずっと一緒だったものね。きっとあの女が何かしたに決まっているのよ。ああいう大人しそうな顔の娘に限って男性を夢中にさせる手練手管を熟知しているのですって。誰かが言っていたわ。実際その通りだったわね。痛感させられたわ」

情報を切り取って多少盛って繋げるだけで悪女のできあがりだ。

デリアはその顔にフォルティーナへの怒りと侮蔑《ぶべつ》の感情を乗せていく。

「国も財産も失くしたからフォルティーナ姫も必死なのよ。お兄様が国を離れている今が好機だと思って先日頑張ってみたけれど、フォルティーナ姫ったら想像以上に神経が図太かったわね。まあ、だからこそお兄様を騙せたのでしょうけれど」

追い打ちをかけるように言い募れば、デリアの顔がさらに怒りに染まった。

(この調子ならデリアを使うことができるかもしれないわ)

リーズルは内心ほくそ笑んだ。

ルートヴィヒへの想いと将来の王妃への野心。両方を兼ね備えたこの娘ならフォルティーナをどこかへ追い払ってくれるだろう。少しの間宮殿を去るように仕向けてしまえばルートヴィヒも熱が冷めるに違いないのだ。

リーズルはさっと周囲に視線を巡らせた。幸いにもこちらに関心を向ける者はいないようだ。

「デリアならうまくやれるのではなくって？」

リーズルはさらに声を落とした。

「わたくしが――？」

「そう。あなたがフォルティーナ姫の体調不良の原因を作るの。国を失くしたばかりだもの。傷心の元王女が体を悪くしても誰も不思議に思わないわ」

デリアは思案するように睫毛をふるりと揺らす。

しかし簡単には決断できないのか口を開こうとしない。

では、と餡をぶら下げてみることにする。

「ギデノルトへ献身を惜しまないレニエ家の娘ならと考えたのだけれど、残念ね。わたくし、お礼に次の舞踏会でお兄様と踊る権利を譲ろうと思っていたのだけれど。きっとお兄様はフォルティーナ姫と一度は踊るはずよ。そうなったら噂が独り歩きしてしまうわね……」

デリアの目の色が変わる。無理もない。兄は公式の場では、未婚の娘とは滅多に踊らない。いつも何か理由をつけて避け、親族の女性とばかり踊る。大きな舞踏会で義務を果たさなければいけない時などは家の爵位関係なく多くの娘と踊り、特定の誰かが妃候補として挙がらないように徹底していた。

そのような中で、妹姫のお墨付きを得た上でルートヴィヒの次のダンスの相手に推挙してもらえれば――。

人々は、彼女こそがお妃候補の大本命なのだと認識するだろう。もちろんそのあと噂が独り歩きしないように潰すつもりだが。

「分かりました。フォルティーナ姫にはこのガルレ宮殿から退去してもらいますわ」

「頼りにしているわ」

リーズルはにこりと微笑んだ。

ルートヴィヒは凝り固まった首と肩をほぐした。

旧ゲルンヴィッテの戦後処理に絡んだ国際会議も終盤であった。

過去にゲルンヴィッテに領土を侵され土地を接収された国々が領土回復を主張したため、会議の場はまあまあ紛糾《ふんきゆう》した。

また、ギデノルトと国境を接するマイネッセン一帯の諸侯たちがマイスよりもギデノルトに組み込まれた方がいいと主張しており、そちらへの対応と協議も別途のしかかる。

連日にわたる腹の探り合いと駆け引き、内密の約束等々の外交取引は、健康な肉体を持つルートヴィヒであっても、それなりに疲弊する。

「堅苦しい話し合いもそろそろ終いか。いい加減、一つの部屋にこもり、しかめっ面の男たちの顔を見続けることにはうんざりしてきた」

「最大の議案であった旧ゲルンヴィッテ領土の割譲《かつじょう》も決着がつきましたし。息抜きに王都へ下りてみられては？」

宮殿を歩きながら、愚痴めいたものを零したルートヴィヒにバルナーが相槌を打った。

「まだマイネッセン一帯の帰属問題が残っている」

「大方は片付きましたよ。マイスとしても、複数の国に連合を組まれては対応しきれないですからね」

「結局、旧ゲルンヴィッテ領土の三分の一しか手に入れられなかったのだから、マイスとしてはたまったものではないだろうな」

そう誘導したのはルートヴィヒである。マイスに余計な力は与えたくない。そう考える他の国と連携して今回の結果へと導いた。

ギデノルトとしては当初の目標は達成できたことになる。

「アルヌーフ殿下は感情の制御があまり得意ではない御方ですね。会議中、あなた様を見つめる視線といったら……。親の仇を睨みつけるようなものでしたよ」

「まあ、気持ちは分からなくもないけれどな」

それぞれが己の国の利益になるように立ち回った結果である。戦勝国とはいえ先の戦で消耗したのはかの国も同じ。会議の決議に異を唱え挙兵すれば、ギデノルトは周辺国と連携し連合国軍を結成する。さすがにそれを相手取る余力は残ってはいまい。

「噂をすれば――」

　視界の先にアルヌーフを見つけたザシャがルートヴィヒの前に進み出た。

　彼の顔に不機嫌さが表れているのは、ここからでも十分に察することができ、かち合わないよう足を別の方向へ向けた。

「このままでいけば会議の方は明日で終了となるでしょう。マイネッセン一帯の帰属について引き続き話し合う予定で滞在期間を余計に取っておられるのですか？」

「それもあるが……。別件だ」

「何かございましたか？」

「亡くなったゲルンヴィッテ王妃所縁の品をフォルティーナ姫に持って帰りたい。マイスの許可を取らなければならないからな。日程に余裕を持たせておいた」

「そういえば、誰かがそのようなことを話していましたね」

　政務関係ではないため侍従の一人に頼んでおいたのだ。この件では他にもいくつか頼みごとをしてあった。そろそろ報告がもたらされる予定である。

「アルヌーフ殿下のあのご様子からして、許可が下りるのでしょうか」

「策は考えてあるさ。フォルティーナ姫へ思い出の品を持ち帰ってやりたいからな」

　ルートヴィヒはバルナーの憂う声に相槌を打った。

「随分と肩入れされていらっしゃいますね」

「まあ……出会いが出会いだったからな」

　この土地で二回フォルティーナの窮地を救った。彼女はただの庇護対象者だ。それ以上でもそれ以下でもない。そう言い聞かせる。

「陛下のお膳立てに反発したくなる気持ちは……まあ、理解できなくはありませんが」

今度はザシャが口を開いた。

彼は伯爵家の次男である。近衛騎士は騎士の中でも花形のため、見合い話が持ち込まれる頻度が高くなったのだろう。

「姫君との縁談を突っぱねていると、陛下は家臣の誰かにフォルティーナ姫との見合いを勧めてしまうかもしれませんよ」

「俺はフォルティーナ姫に婚姻を強いるためにギデノルトへ連れ帰ったわけではない」

「人道に則《のっと》った行動だということは理解していますよ」

バルナーが言った。

「しかし、陛下は為政者でございますからね。手に入れたフォルティーナ姫を利用したいとお考えなのでしょう」

次はザシャである。

「フォルティーナ姫は俺たちが考える以上に純粋だ。いや、人との会話の経験が足りていない。姫がもっと強《したた》かで計算高ければ俺もやりやすいのだがな」

「そういうお人柄ではなかったから、ルートヴィヒ様は姫君のことを気にかけていらっしゃるのでしょう？」

「……」

旧知の人間ほどやりにくいものはない。これ以上話していては取り返しのつかないことになりそうだ。そう嘆息してぎくりとする。

これ以上先の感情に手を伸ばしてはいけないと言い聞かせる。

フォルティーナはルートヴィヒがこれまで出会ったどんな女性とも異なる。湧き出た水のように無色透明だ。彼女がこちらへ向ける眼差しには何の色も乗ってはいない。

ルートヴィヒの妃になりたいなどとは考えていないのだろう。

そう、彼女はこちらのことなど何とも思っていないのだ。もしかしたら異性とも認識していないのかもしれない。

でなければあのような無防備さでルートヴィヒに近付いたりしない。

夜の庭園や朝の馬場でのやり取りが彼女なりの計算であればよかったのに。

そうすればルートヴィヒはこれ以上深入りするのをやめられた。あの紫色の瞳の奥にあるフォルティーナの心を見つけたいなどと思わずにいられる。

「この話は終いだ。フォルティーナ姫を気にかけるのは、庇護した者としての責任。それだけだ」

友人兼側近二人はさすがにそれ以上何かを言うことはなかった。

余計なことは考えない。

拳をぐっと握り、足早に部屋へ戻ったルートヴィヒを待ち構えていた侍従から、ある報告書を受け取った。

一人きりで記された文字を追う。そこには、ある女の追憶が書かれてあった。

翌日、ルートヴィヒのもとへアルヌーフの遣いが来た。

亡くなった王妃の部屋への入室許可を持ってきたのだ。

会議出席者がいる場で「フォルティーナ姫の心を慰めるために亡くなった王妃の思い出の品を持ち帰りたいが、許可が下りない」と話したのが効いたのだ。

日暮れ前にザシャと侍従を伴い、指定された場所へ赴けば初老の男性の姿があった。

頭を下げた男が短く経歴を語った。長らくゲルンヴィッテ王家の奥向きに携わってきたのだという。年齢も年齢のため宮殿に居残るしかなく、そのままマイスに仕えることになったのだそうだ。

「王妃様がお亡くなりになったあと、先の陛下は誰も娶られませんでした。お部屋は当時とあまり変わりなく残されておいでかと思います」

歩きながら説明を受ける。

王妃の間の前では、アルヌーフが待ち構えていた。

「これ以上そなたたちに我が国が得たものを横取りされたくないからな。きっちり見張ってやる」

「特別高価な何かを持ち帰りたいと言った覚えはないけれどな」

こちらを盗人だとでも主張するかのような勢いのアルヌーフへ、ルートヴィヒは肩をすくめてみせた。

「それを見届けさせてもらうだけだ」

敵意を隠すことのない男を前に、これが次代を担う同世代かと思うとげんなりしてきた。好戦的なアルヌーフに、案内役の男はすっかり萎縮《いしゅく》しているではないか。

引きつった声で「こ、ここここちらでございます」と言い、扉を開けたその男に同情の視線を送りながらルートヴィヒは室内へ足を踏み入れる。

王妃の間というだけあり、煌びやかな内装の一室だ。母の部屋と同程度の豪華さである。天蓋《てんがい》付きの寝台に、複数置かれた絹張の椅子、丁寧に磨かれた木材で作られた飾り棚、大理石のマントルピース。どれも一級品で揃えられている。

あまり換気が行われていないのか、鼻の奥に埃が届く。それがこの部屋の主が不在であることを強く感じさせもした。

「王妃様のお世話をしていた者たちは随分前に宮殿を去っておりまして。現在、女官長なども不在でございます」

案内役はチェストや飾り棚を検分し始める。

「姫様へお持ちになるのでしたら、このような手鏡などはいかがでしょうか」

差し出されたそれを、まずは侍従が受け取った。

悪くはない品だ。表面に金で加工が施されており、ところどころに輝石があしらわれている。フォルティーナにも似合うだろう。

「高価すぎるぞ」

即座にアルヌーフから待ったがかかった。面倒な男である。

「あの王女は陰気だったからな。もっと侘しい品で十分だ」

「フォルティーナ姫は控えめな性質だ。陰気などではない」

そう反論したルートヴィヒは案内役の男に話を振ってみることにした。

「そなたはフォルティーナ姫と話したことくらいあるだろう。ここにある品で、何が似合うだろうか」

「……」

男は目線を下へ向け沈黙したままだ。

「どうした。ルートヴィヒ殿下の質問に答えないか」

侍従が口を挟むと、男は小さな声で「私はフォルティーナ姫様とお顔を合わせたことはございませんでして……」と言った。

「そういえば、フォルティーナ姫は先のゲルンヴィッテ王の気に入りで、滅多に人前に姿を見せなかったのだったな」

ルートヴィヒは今思い出したかのような口調で言った。

「さ、左様でございます。先のゲルンヴィッテ王はフォルティーナ姫様を幸運の女神なのだと……自分だけの宝なのだと。そうおっしゃっておいででした」

「幸運の女神？　あんな女が？」

アルヌーフが鼻で笑った。

「他にどのようなことを口にしていたんだ？」

ルートヴィヒは案内役の男を促した。

男は、ちらりとアルヌーフへ視線をやった。あまり聞かせたくない内容らしい。躊躇いに気付いたルートヴィヒは「先のゲルンヴィッテ王の人となりを知るためだ。そなたの意見でないことは、私が保証する」とつけ足した。

たっぷり二十秒は待ったのち、男が乾いた唇を舐めた。

「その……姫様がいれば聖ハイスマール帝国の再興も夢ではないのだとか。廷臣の一部は、王は戦にのめり込みすぎて迷信に取りつかれたのだと噂しておりました」

「それはつまり……フォルティーナ姫が何らかの奇跡を起こす存在だと、先のゲルンヴィッテ王は信じていたとでもいうのか？」

「し、真偽のほどはわたくしめには分かりません」

「結局我が国に負けたのだから、幸運の女神も何もないではないか」

アルヌーフは勝ち誇ったようにせせら笑う。

「フォルティーナ姫を幸運の女神だと断じる根拠でもあるのか？」

「……このお部屋の、かつての主だった王妃様は、幸運の女神を産ませるために探し出したのだと。そのような噂話を昔聞いたことがございます。実際、王妃様は養女でしたので……。誰かが面白おかしく脚色をしたのでしょう」

　案内役の男は額に汗を浮かべながら、ルートヴィヒを窺うような色を瞳に宿し始めた。フォルティーナを保護した国の王太子とはいえ、どうしてこのようなことを尋ねるのか。そのような疑問であろう。

　これ以上深掘りすれば、今度はアルヌーフが興味を抱く可能性があった。

　この辺りが潮時か。

「世間話に付き合わせてしまったな。あまり高価ではないもので、女性が喜びそうなものを見繕ってくれ」

　案内役が飾り棚や鍵付きのクロゼットなどを開けて回るのを見守りながらルートヴィヒは思案する。

　今しがたの会話の内容と、昨日もたらされた報告書。その二つが意味することを。

　昨日ルートヴィヒが確認したのは、王都の下町に身を潜めているというフォルティーナ付きの元侍女の証言をまとめたものであった。

　マイスはゲルンヴィッテの宮殿を掌握して早々に王都に触れを出したと聞いている。マイスによる統治を受け入れる者については引き続き雇用を継続するという内容だ。国から人員を新たに送るよりも、元々宮殿に勤めていた者をそのまま使った方が統治をしやすいからだ。

　マイス軍の管理のもと、ゲルンヴィッテの宮殿で働いていた者たちは徐々に戻りつつあり、ルートヴィヒはフォルティーナに付いていた使用人を探させたのだが、宮殿には戻ってきていなかった。

元王族付きの使用人となれば早々にマイスに仕える気にもなれぬだろうと、その心中を推し測り、秘密裏に行方を探させた。

そうして王都の下町に身を潜めていた女を見つけ出した。証言の見返りとして彼女には旧ゲルンヴィッテ北方の領主を雇用主として紹介した。

報告書には女の証言が細かに記されていた。

侍女とはいえ大した家の出身ではない。フォルティーナ姫様だからこそ仕えることができた。姫様に一切の関心を持たない、持たれてはいけない。声をおかけするのは必要最低限だけ。姫様に同情するな。そうきつく言われていた。というような内容だ。

さらにはフォルティーナの境遇に同情を示すと先のゲルンヴィッテ王から罰を与えられたのだとも。

そして密やかに出回っていたある噂。

それは、フォルティーナの待遇の改善を王に訴えていた王妃の病死は、実は王が毒を盛ったからだというもの。報告書には王妃の出自についても補足されていた。

「ルートヴィヒ殿下、こちらの宝石入れはいかがでしょうか」

案内役の声が届いた。思案を止めたルートヴィヒは差し出された小さな箱を確認して頷いた。金メッキ加工されたそれは丁寧な細工が施されているものの、アルヌーフが目くじらを立てるほどの希少品でもない。

「そうだな。悪くはないのではないか。ああそれから、あの髪飾りを見せてくれ」

「おい、たくさん持ち帰るなよ」

　王子じゃなくて小姑かよ、と内心舌打ちしたルートヴィヒは「この程度なら、そこまで高い代物ではないだろう」と小ぶりの銀の櫛飾りを指し示した。年月が経ち黒ずんでいるが磨けば本来の輝きを取り戻すだろう。

　譲り受ける品が決定したことで案内役の顔に安堵が浮かぶ。

「それにしてもパッとしない持ち物ばかり残されているな。さては宮殿から逃げる時に廷臣たちが持ち去ったな。泥棒め」

「元々華美な品が好きではなかったのかもしれないではないか」

　ぶつくさ言うアルヌーフに反論したのは、フォルティーナの姿を思い浮かべたからだ。楚々《そそ》とした彼女の雰囲気に合うようなものがこの部屋には多く残されているように感じられた。

　案内役の男に目を向ければ「亡くなられた王妃様はあまり派手な装いはお好みではなかったと聞き及んでおります」と頷いた。

「確かルーシュテット侯爵家の出身だったそうだな。ああ、養女だったたか」

「左様でございます」

「急な病で亡くなったそうだな。さぞさまざまな憶測を生んだだろう」

何気ない口調でつけ足してみれば、男は瞬きを忘れ口元を硬直させた。彼もまた元侍女の証言にあった噂を知っているのだろう。

そのくらいフォルティーナの母の死には不可解な部分もあったということだ。そして殺しても禍根《かこん》が残らない相手であり、あの王ならばやりかねない。そう思わせるような王であったのだ。

昨日、ルーシュテット侯爵について尋ねてみれば当主はすでに鬼籍に入っていると聞かされた。直系に近い者たちは外国へ亡命したのだとか。

調べるにしても、時間がかかるだろう。

いや、これ以上はやめておくべきだ。明らかに深入りしすぎている。

それに過去を勝手に暴かれたくはないだろう。

薄灰色の石畳に降り注ぐ太陽光はそう強くもないはずなのに、馬車から降りたフォルティーナは眩しさに目を細めた。

視界に映るのは、尖塔と木々の緑、赤茶色の屋根。王都は建物同士の間隔が狭い。

フォルティーナが訪れているのは王都リューデルに立つ教会である。

ここには救済院と孤児院が併設されていて、近くには職人組合が出資する職業訓練所が立っているのだという。

慈善事業に参加することにしたのは、ギデノルト王妃に勧められたからだ。

国を留守にする息子に代わり彼女は別館に一人で住まうフォルティーナの様子を気にかけてくれていた。

お茶の席に招いてくれたり、散歩に呼んでくれたり。刺繍の会にはリーズルが参加することもあった。

王妃は今回の慈善事業へ誘う際、「リーズルが珍しくやる気になっているの。あなたと一緒に励みたいのですって」と話していた。

生きる目標のない今のフォルティーナにとって、やるべきことを与えられることはありがたくもある。

「フォルティーナ姫、こちらへいらして」

「あ……はい」

リーズルの手招きに応じ、その後ろをついて歩く。

ルートヴィヒが旧ゲルンヴィッテ王国へ旅立ってもうすぐ一か月が経とうとしていた。

最近ようやく、フォルティーナの中でルートヴィヒの存在が薄らいできた。

彼が旅立って数日の間は、胸の中にすーすーと隙間風が吹くかのようにうら寂しさを覚えた。一人きりの食事の席だったり、窓辺で刺繍をしている時だったりと、不意打ちで訪れるたびに手を止めた。

まだ彼とは出会ってから僅かな時間しか過ごしていないというのに。

どうして。そう考えながら一つの理由へとたどり着いた。

ルートヴィヒはフォルティーナの心を見つけようとする。上辺だけではない。胸の奥の深い場所を彼は探ろうとする。

でも、フォルティーナはどこかでそれを願っているのだ。わたしを見つけて、と。

だから揺れ動く。

こんな思いを持ってはだめだときつく戒めるのに、心の鍵は緩くなる一方だった。

「フォルティーナ姫、今日の予定を教えてあげるわ。まずは、わたくしたちが子供たちに本を読み聞かせるの。まあ、交流会のようなものね。それが済んだら子供たちから今日のお礼に歌の贈りものをもらって、最後にわたくしたちがお菓子を配るの」

リーズルが振り返った。

「今日の流れは一通り教えられています」

フォルティーナがこくりと頷いた途端に、こちらに向けられたリーズルの眼差しに冷ややかさが交じった。

「ああそう。せっかく、わたくしが教えてあげたのに」

その声が耳に届いた瞬間、フォルティーナは自分が間違えたことを悟った。

ああ、また失敗してしまった。

「あなたの空気の読めなさは今に始まったことではないものね。案内してあげるから、ついてきて」

「ありがとうございます」

彼女は敷地内を歩く間中、もうこちらを見ようとはしなかった。

ギデノルトで暮らし始めて、フォルティーナは初めて自分の会話能力の低さを思い知った。父は命じるばかりで姉は言いたいことを一方的に話すだけだった。教師は一方的に講義を垂れ流すだけだったし、決まった時間に訪れる女官や侍女はフォルティーナとの会話を避けていた。

圧倒的に経験が足りないこともあり、フォルティーナはリーズルたちとの集まりの場で間違えてしまったのだ。多分、自分の発言の何かが、彼女たちの気に障った。

それでもリーズルはフォルティーナを誘ってくれるのだから優しい。

リーズルの案内でたどり着いた部屋には、下は五歳くらいから上は十二、三歳くらいまでの子供たちが集っていた。

これから彼らに本を読み聞かせるのだ。

室内には子供たちの他に、フォルティーナと同じような外出着を身に纏った貴族の少女が数人同席している。

「さあ、今日はみんなのために王女様が絵本を読んでくださいます」

指導係の声のあと、リーズルが中央に陣取り、絵本を開く。

子供たちは前へ行き、彼らの後ろでフォルティーナを含む少女たちが見守る。

近くに座る少女が「フォルティーナ姫はどのような本を選ばれたのですか？」と尋ねてきた。選んだのは古典と古語で書かれた聖典である。

少女たちは「子供たちの興味をそそるものを選ばないと」「こんな場所で教養がありますす主張をするだなんてねえ」「ルートヴィヒ殿下のお耳に入ることを見越してのことかしら」などと囁き合う。

失笑を含めたそれらの声から、自分の選書が不適切だったことを感じ取った。

おそらく正解は、今リーズルが読み聞かせを行っているような、挿絵が入り大きな文字で書かれた書物なのだろう。

聞こえてくるのは、一人の少年がドラゴンと呼ばれる架空の生き物を倒すという冒険譚。

子供たちは真剣に聞き入っている。

続きを知りたい。このあとどうなるのだろう。そう興味を引かれている様が後ろ姿からでも十分に伝わってきた。

何をやっても失敗ばかり。自分は役立たずだ。

父が頑なにフォルティーナを外に出さなかった意味を、今思い知っている。

失敗したのなら次に同じことを繰り返さないために努力をすればいいではないか。そう囁く自分をフォルティーナはゆるりと頭を振って窘める。

努力は、明日を生きるのを望むことのように思えた。それはだめだ。あくまで今のフォルティーナは自死を選べないがために生きているだけの存在であるべきだから。

でも――。

内から湧き出る反論を、必死に押し込める。この世界は誘惑だらけだ。

「ねえ、フォルティーナ姫も喉が渇いたでしょう？　慈善活動の終わりには、ああして飲み物が用意されているのよ」

「教えてくださり、ありがとうございます」

読書の会を終え、お菓子を配り終え、教会の表側へ戻ってきたフォルティーナにリーズルが話しかけてきた。

教会の前庭では他の建物から出てきたと思しき紳士淑女らがそこかしこに輪を作り談笑していた。中には小さなゴブレットを手にしている者もいる。

慈善事業に参加した者同士、挨拶を交わし、人脈を作っているのだろう。昨日、フリンツァーがかいつまんで教えてくれた。

また失敗することを考えると心が沈み、フォルティーナはガルレ宮殿に帰ろうかと考えた。

幸いにもリーズルは近くの少女と笑い合っている。今なら気付かれず静かに退出できるだろう。

一歩足を後退させた時。

「ごきげんよう、フォルティーナ姫。今日は参加してみていかがでしたか？」

「……あなたは、レニエ公爵の……」

金色の髪に琥珀色の瞳をした同世代の娘だ。以前に会話をした覚えがある。

「気軽にデリアと呼んでくださいな。ギデノルトの慈善活動はゲルンヴィッテと違いまして？」

「……ゲルンヴィッテでは慈善活動に参加したことはありませんでした」

正直に言うとデリアは目を丸くしたあと、呆れを滲ませた笑みを唇に浮かべた。

「まあ。慈善活動は高貴なる者の義務だというのに。ゲルンヴィッテ王はフォルティーナ姫の我が儘をお許しになっていましたの？」

「……それは――」

「今日も随分と退屈そうにしていらしたものね。気位の高い王女様は、下々の人間と話したくないってことかしら」

デリアは顔に微笑みを浮かべているが、その瞳は冷え冷えとした色を湛えていた。

ごくりと息を呑む。得体の知れない負の感情がフォルティーナに襲い来る。

「あなた、いつまで王の娘気取りでいるつもり？　あなただって、ここで暮らす孤児たちと変わりない存在なのよ？」

彼女の琥珀色の瞳が、ある感情を宿す。怒りだ。それを間近で浴びて動けなくなる。

デリアはフォルティーナにだけ聞こえるように低い声で囁く。

「なんの後ろ盾もない孤児風情が、いつまでも我が物顔でガルレ宮殿に居座るだなんて分不相応にもほどがあるわ。ルートヴィヒ様はね、あなたを憐れんでいるだけよ。迷惑だって言えないだけなの。さっさとルートヴィヒ様の前から消えて。いなくなって」

言いたいことを言い終えたデリアは、フォルティーナから興味を失くしたようで、側から離れていった。

唐突に思い至った。以前リーズルに誘われて参加した刺繍の会での会話。

あの時彼女たちは、今フォルティーナが住んでいる場所が元々ルートヴィヒの住居であったと繰り返した。

それは彼女たちに教えられるまでもなく知っていた。ルートヴィヒから返せとは言われていなかった。ただ、彼女たちがルートヴィヒの心身を案じていることは伝わってきたから、返答に迷ったことも確かだった。

けれども、それとは別に後ろ髪を引かれる思いだった。ルートヴィヒに黙って出ていくことに。彼との約束を果たせなくなることに。

気付いたらフォルティーナは、彼女たちの提案を拒絶していた。

(でも……もしも、ルートヴィヒ殿下がリーズル殿下たちに頼んでいたのなら)

保護した手前、自ら放り出すことができずにいた彼の心中をリーズルたちが代弁したとしたら。フォルティーナは的外れな返しをしたことになる。

(わたしは……失敗だらけだわ)

いつまでもぬくぬくと生き長らえているな！

父の叱責する声が聞こえたような気がした。

目の前が暗くなったように思えた。

そんなフォルティーナの耳に「早馬の伝令によると、お兄様は、明日にでもリューデルに到着するのだそうよ」というリーズルの浮足立った声が聞こえてきた。

ルートヴィヒが帰ってくる前に出ていかなくてはならない。そう思いついた。

足を動かしかけたフォルティーナの目の前に、すっと小さなゴブレットが差し出された。

「お飲み物、いかがですか？」

給仕係であろう。フォルティーナと大して変わらない年頃の少女がいつの間にか佇んでいた。左手で持つ盆の上には同じものが複数載せられている。

「わたしは……もう、帰るので」

「顔色があまりよくありません。水分をとられた方がいいかと存じます」

半ば押しつけるように出されたゴブレットを受け取る。

中で揺れる液体を見下ろしたフォルティーナは、喉の渇きを覚えた。最後に水分をとったのはいつだったか。吸い寄せられるように口をつけた。

中身は果実水だ。甘酸っぱい味が口腔内に広がる。こくりと喉が上下し、あっという間に飲み干してしまう。

「ルートヴィヒ殿下ですわ！」

歓声のような声が聞こえてきた。

「ゲルンヴィッテから帰還されたのか」

「先ほどリーズル殿下は、明日のご予定だと——」

人々の囁き合う声が辺りへ広がっていく。

それらに導かれるように視線が動いた。

少し離れた場所に立つ青年を見つける。約一月ぶりだ。すらりとした体躯も黒い髪も、温かなはしばみ色の瞳も、フォルティーナが覚えているのと寸分違わない姿だ。

己へ集い始める紳士淑女に軽く手を上げ挨拶をしながら歩くルートヴィヒがこちらに視線を向けた。

その彼に向かって一人の少女が躍り出る。

「お兄様——」

「フォルティーナ姫」

リーズルとルートヴィヒの唇が同時に動く。

ルートヴィヒと目が合う。はしばみ色の瞳の中には確かにフォルティーナが映っている。まだ距離があるにもかかわらず、そう感じた。わたしを見つけてくれた。そんな風に思った。

(だめ……。これ以上、ルートヴィヒ殿下に迷惑はかけられない)

ここから離れなければ。彼のためにも姿を消すべきだ。

その思いに突き動かされ、足を動かしかけたその時——。

フォルティーナは自分の体の異変に気がついた。

指先が、両足が、痺れを感じて震え始める。それは瞬く間に全身へと広がった。

くらりと体が傾いだ。倒れる、と思った直後、ぷつりと目の前が真っ暗になった。


死んだ人間は天上の門、もしくは地獄の門のどちらかをくぐるのだと昔教えられた。

フォルティーナの場合は地獄の門をくぐったのだろう。それほどまでに先ほどから与えられる苦しみはひどいものだった。

体が痺れて動けない。呼吸をするために肺腑を動かすことが億劫《おっくう》だし、全身が熱い。

苦しい。辛い。この苦痛から解放されたい。

だめ。わたしは、この苦しみを受け止めなければいけない。これは、罰なのだから。

お父様を助けられなかった。お父様のもとにもっと早くいかなくてはいけなかったのに、わたしは愚かにも、生きることを心のどこかで望んでしまった。

やっとこの苦しみから解放される。生きたいと願う心に鍵をかけなくてもいい。

フォルティーナは苦しみながらも安堵していた。

——フォルティーナ——

誰？　フォルティーナを呼ぶこの声は、誰のものだろう。どこか懐かしい。父だろうか。

耳を傾けると、もう一度名前を呼ばれた。

切羽詰まったような苦しそうな声だった。声の主を悲しませていることに胸がツンとなる。

──フォルティーナ、死ぬな！──

その声は、断続的に聞こえてきた。父ではないと思う。では教師の誰か？　それにしては声に若さと張りがあるようにも思える。

どうして声の主は死後の世界にいるフォルティーナへ「死ぬな」などと言うのだろう。

そこでふと気がついた。いつの間にか全身を襲っていた苦痛から解放されていることに。

体は依然として熱いけれど、あの燃えるような苦しみはもうない。

それから、ここはどこだろう。上も下も左右も、どこもかしこも真っ白だ。

──フォルティーナ！　こちらへ来い！──

今度は別の誰かに呼ばれた。強い口調だ。そちらへ向けてふらふらと歩き始める。そうすることが正しい。わたしはもう、生きていたくない。この先へ行けば望むものがある。

──だめだ！　行くな！──

突然、ガクリと体が止まった。誰かがフォルティーナの腕を摑んでいるような感覚。でも、振り返っても誰もいない。

それなのに「こっちへ帰ってこい！」という声が耳に届く。何度も何度も。

「あなたはだあれ？　どうしてわたしを呼ぶの？」

──フォルティーナ！　俺のもとへ帰ってこい！──

名前を呼ばれた瞬間、心が戦慄いた。

「ルートヴィヒ……殿下？」

半信半疑で名前を呼んだ。姿かたちは見えないのに、「フォルティーナ！」と耳に届く声は、確かに彼のものだった。

「どうしてそんなに苦しそうな急いた声でわたしを呼ぶの？」

──帰ってこい！　馬に乗せる約束をしただろう！──

あの時の、あの会話を、彼は覚えていたのだ。

──お願いだ。帰ってきてくれ。あなたにまだ、ただいまと言っていない。俺にもう一度、笑顔を見せてくれ──

泣きそうな声だった。どうしてあなたはそんなにも辛そうな声を出すの？　わたしのことで心を痛めないで。わたしのことはもういいから。

それに、あちら側でお父様がわたしを待っている。

だから……。

──フォルティーナ。お願いだ──

何度も何度も請われる。帰ってきてくれと。その声に包まれるたびに、フォルティーナは泣きたくなった。

理由なんて分からない。

　でも、とても胸が苦しい。

　気がつけば、一歩、また一歩と、フォルティーナはルートヴィヒの声に向かって歩いていた。足を進めるにつれて彼の声が大きくなっていくように思えた。

　そして——。

　気がつけばフォルティーナは、見慣れた天蓋をぼんやりと眺めていた。

「……ここは……？」

「フォルティーナ姫！」

　ずっとフォルティーナを呼んでいた声がすぐ側にあった。

「ああよかった。やっと目覚めてくれた」

「……わたし……どうして……」

　口から漏れた声は掠れていた。

「あなたは三日間も目を覚まさなかったんだ。あとはあなたの気力次第だと言われた。目覚めてくれて本当によかった……」

　フォルティーナを見下ろすルートヴィヒの両目には透明な膜のようなものが張っている。

「あなたは毒を盛られたんだ。俺の目の前で倒れた。すぐに解毒の処置を行ったが、あなたは熱を出して、三日間意識が戻らなかった」

　ルートヴィヒはまるで失くしてしまった宝物を見つけた時のような柔らかな眼差しでフォルティーナを見つめる。

「一度、医務官を呼んでこよう。飲み物も必要だな。少し待っていてくれ」

彼が立ち上がりかける。

徐々に前後の記憶が定かになる。ドクンと、心臓が大きく軋んだ。

(わたしは……なんてことを……)

愕然とした。

まただ。また失敗してしまった。生き延びてしまった。

あの時、フォルティーナは父ではなくルートヴィヒを選んでしまったのだ。

裏切り者。そんな叱責が聞こえた気がした。

「ごめ……んなさい……。お父様……。わたしは……また死ぬことができなかった……」

喘《あえ》ぐ声は、天蓋へと吸い込まれた。


「……あなたは、死を望んでいたのか？」

ルートヴィヒにそう尋ねられたのは医者の診察ののち、運ばれてきたスープを胃に収め、二人きりになった時のことであった。

寝台横に置かれた椅子にルートヴィヒが着席している。

彼はずっとフォルティーナから目を離さずにいた。少しでも側を離れようものならフォルティーナが死んでしまうと考えているのかもしれない。

「わたしは……」

フォルティーナは思わず下を向いた。

「逃げるな」

それと同時にルートヴィヒの手が伸びてきて、フォルティーナの頬に触れた。彼の双眸へ視線を誘導される。

「フォルティーナ。あなたは、死にたかったのか？　ずっと……死を望んでいたのか？」

目を逸らすことを許さぬ、強い声だった。

彼は怒っている。

それはそうだろう。彼は絞首台へと送られたフォルティーナを助けるために骨を折ったのだから。だというのに、助けた命は、心の奥底で死を望んでいた。馬鹿にされたと感じているに違いない。

（でも、わたしはもうこれ以上、自分の心に振り回されたくない）

見つめ合うさなか、フォルティーナは瞳を揺らめかせた。

ルートヴィヒのはしばみ色の双眸はこちらを捕らえて放さない。

逃げられない。一度喉を上下に動かした。

「わたしは……お父様に謝らなければいけないのです」

フォルティーナは絞り出すように言った。

彼の手が頬から離れる。

「謝る？　一体、何を」

「わたしは……王族の中でも劣った存在で……。わたしの存在意義は……お父様の命をお救いすることだったのです……それなのに――」

唇が戦慄いた。罪を告白したのは、これが初めてだった。

「前にも言ったが、あなたは劣ってなどいない。世間を知らないのは、フォルティーナに適切な教育を施さなかったお父上たちの責任ではないのか？」

ルートヴィヒは眉を顰めた。

違う。違うのだ。フォルティーナは無言で頭を振った。

「当時の様子は聞いている。砦に籠城《ろうじょう》した先のゲルンヴィッテ王と家臣たちは、マイス軍の突入に屈することとなった。あなたは家臣によって連れ出され降伏した。家臣はあなたをマイス軍に、アルヌーフ王子に差し出し、助命を嘆願した。そのような混乱のさなかで、女性のあなたにできることは限られている。もし仮にあの時、あなたが身を挺《てい》してお父上を庇っていても、どのみち先のゲルンヴィッテ王は捕らわれたのち、絞首刑となっていただろう」

「……そんな……」

「戦とはそういうものだ。勝者が敗者を裁くことになる」

「でも……わたしに女神の祝福が発現すれば――」

無情な通告に、口が勝手に動いていた。

「……それが、先のゲルンヴィッテ王が口にしていたという、幸運の女神という言葉に繋がるのか？　女神の祝福とは一体なんんだ？」

いらぬことを口走ったのだと悟ったが、もう遅かった。

フォルティーナはルートヴィヒから目を逸らした。

「会議で訪れた旧ゲルンヴィッテの宮殿で、噂話を集めた。あなたに関することだ。先のゲルンヴィッテ王は、あなたをある目的のために閉じ込めていた。あなたは一体、お父上に何を命じられていたんだ？」

「わたしの母は……古い時代の女神を祀《まつ》っていた一族の……その中でも祝福を授けられた者の末裔《まつえい》だというのです」

フォルティーナはぽつぽつと語った。まだ教会がこの大陸で信仰を説く前の時代の、今はもう忘れ去られた古の神のことを。

貴族や王族とは違い、交通の手段が限られ、人の移動が滅多にない民たちは、古い時代から口伝《くでん》されてきた風習や習慣を多く受け継ぎ次代へと繋ぐ。

「お父様は、その伝承をどこかで聞いたのでしょう。祝福の血を受け継ぐ娘を一人献上するよう、その地方一帯を治める領主に命じたのだそうです」

それがフォルティーナたちの母であった。

「わたしの足首には生まれつき痣があるのです。それこそが女神の祝福の証なのだとか……」

「おとぎ話だな……」

聞き終えたルートヴィヒがぽつりと言った。

「あなたは、その古の女神とやらが授けてくれた祝福を使うことができるのか？」

「……分かりません。わたしには、これまで何の啓示もありませんでした。その時がくれば覚醒《かくせい》するのだとも考えていましたが……」

フォルティーナは唇を噛みしめる。父が亡くなったとされる時刻でさえ、自分には何の変化も訪れなかった。そして、父の死にすら気付かなかった。

「……わたしは最後まで劣った存在で……。だから女神の祝福を発現することができずにお父様を死なせてしまった。だからわたしはお父様に謝りに行かなければいけないのです」

ついに、心の中に隠していた思いを口に出してしまった。

項垂《うなだ》れるフォルティーナは、気がつけばルートヴィヒの胸に頬を寄せていた。

彼の手のひらが背中に当たっていた。

「あなたは何も悪くない」

力強い言葉が鼓膜を震わせる。背中に回された彼の腕に力が込められたのが分かった。

「あなたは、先のゲルンヴィッテ王の犠牲者だ。彼は昔話、つまりは不確かな伝承に縋った。おそらく、旧聖ハイスマール帝国再興の野望のために。その業はあなたではなく、先のゲルンヴィッテ王が背負うべきものだ」

「でも――」

「女神の伝承を信じたのは先のゲルンヴィッテ王だ。フォルティーナ、あなたではない」

必死の言葉がフォルティーナへ届けられる。

彼は、フォルティーナを生かそうと、心の負荷を取り除こうと一生懸命だった。

「わたしに……優しく、しないで……」

「いくらだって優しくする。あなたの心を軽くできるなら。あなたの中から罪悪感という名のあの王の残像を取り除くことができるなら」

ルートヴィヒは言葉を尽くすごとに、フォルティーナの胸の奥を温かく溶かしていく。心にかけた鍵が開こうとするのだ。

「フォルティーナ。俺の心臓の音が聞こえるか？」

彼が囁いた。

そっと目を閉じてみる。

頬が当たっている彼の胸に耳を澄ませる。トク、トク、と規則正しい鼓動がフォルティーナの耳の奥を揺らす。

「はい」

「今、俺はあなたのすぐ側で確かに生きている。あなたも同じだ。俺はあなたに生きていてほしい。今すぐじゃなくていい。いつか俺に、微笑むあなたを見せてくれ」

いつの間にか温もりに包まれていた。

今、互いに生きているからこそ感知できる温かさだった。

ルートヴィヒの言う言葉は、フォルティーナにとって都合のいいものばかりだ。

だからこそ、怖くもあった。

ずっと、父のために生きろと言われ続けてきたのだから。

「わたしは……。怖かった。あなたの眼差しが。あなたは、ずっとわたしの心を奥まで見透かそうとしていたから」

それを聞いたルートヴィヒが身じろいだ。二人の間に小さな距離が空く。

ルートヴィヒがフォルティーナの顔を覗き込んだ。

「ずっと、あなたが胸の奥に抱えているものを知りたいと思っていた。生への希薄さの理由を知りたかった。それを知らなければ、あなたがどこかへ行ってしまうと焦っていたのだろう」

ルートヴィヒの手のひらがフォルティーナの頬を滑る。大きくて優しい手のひら。男の人なのに、父とはまるで違う。不思議。あなたに触れられるのは、嫌ではない。

「わたしは……わたしは……」

まだ、勇気が出ない。本当に、生きていてもいいのか不安だった。

この先の未来を望むことが、フォルティーナに許されるというのだろうか。

けれども、フォルティーナは、彼を選んでしまった。

あの夢の中で、彼の呼びかけに応えるように彼の声に導かれて歩き出した瞬間から、生を願ってしまったのだ。

「あなたはきっと、心の奥底で生きることを望んでいた。だからこそ毒に打ち勝ち、目を覚ました」

それが答えだった。

踏み出す一歩は、なんて重くて、心細いのだろう。

「わたしは、まだ生きたかったのです。あなたに、会いたかった。言いたかった」

フォルティーナは手を伸ばした。すぐ側にある彼の温もりに触れたくなった。

ぎゅっと彼の手を握る。伝わってくるのは彼の熱。

すぐ近くのルートヴィヒへ向けて口角を持ち上げる。彼の望むように微笑むことができているだろうか。

「おかえりなさい。ルートヴィヒ殿下」

ルートヴィヒが僅かに目を見開いた。

彼もまたフォルティーナが同じものを返してくれたことが嬉しくて笑みを深くする。

「ただいま。フォルティーナ」

そう言って彼はフォルティーナを胸の中に引き寄せた。

ふわりと温かいものに包まれる。どこか懐かしい気配がして思い出した。昔、母が同じように抱きしめてくれたことがあった。こんな風に誰かの温もりが近くにあるのはあの時以来だ。

フォルティーナはそっと目を閉じた。硬く冷たくなっていた心が溶けていくようだった。


フォルティーナが目覚めた数日後。

ルートヴィヒは四人の兵を背後に従え、ある部屋へと赴いた。

取次の侍女はルートヴィヒの後ろに佇む兵を見た途端、倒れてしまいそうなほど顔面を蒼白にさせた。

その侍女に緘口令《かんこうれい》を敷き、ルートヴィヒは単身で部屋の中へ入った。すぐに高い声に出迎えられる。

「お兄様からお誘いいただけるだなんて嬉しいですわ！　最近ちっともわたくしに構ってくれなかったのですもの。まあ、フォルティーナ姫があのようにお倒れになって大変だったのは、わたくしも承知していますけれど……。すっかり快癒《かいゆ》されたようで安心しましたわ。やはり性格が図太いと、体の作りも図太いのかもしれませんわね」

兄を喜色満面で出迎えたリーズルは、こちらが何も知らないとでも思っているのか、無邪気に腕に絡みついてきた。

ルートヴィヒは怒りを押し殺した顔で妹を見下ろした。

フォルティーナに毒を盛った犯人の捜査は、ルートヴィヒの指揮のもとで行われた。

彼女が目覚めた頃には実行役の少女にどのような経緯で毒入りのゴブレットが渡ったのか、そして誰の命令によるものだったのかまでが明らかになっていた。

もちろんその後、背後関係も全て洗いつくした。

ルートヴィヒはギデノルト王と相談し、本件に関わった者らへの処分を決定した。

「リーズル、ひとまず座れ」

これから断罪されるとは考えていないのだろう。

「はあい、お兄様」と、機嫌よく着席した彼女の正面にルートヴィヒも腰を下ろした。

「まず最初に伝えておこう。おまえにはギデノルトから出ていってもらうことになった」

「――っ!?」

リーズルの顔からたちどころに血の気が引いていった。

「デリア・レニエが証言した。今回、フォルティーナに毒を盛ったのは、リーズル、おまえの希望によるものだと」

「嘘よ！　でたらめよ！　あの子がわたくしを罠に嵌《は》めたのよ！」

ガタンと椅子を鳴らしながらリーズルが立ち上がる。

叫ぶ彼女を前に、ルートヴィヒは淡々と告げていく。

「デリア・レニエは公爵家の娘だ。王女を陥れるような虚言を吐けば、自身の罪がさらに重くなるどころか公爵家自体の存続も危ぶまれることを理解している。その上で、時系列を追って話してくれた。おまえが提示した餌に釣られてフォルティーナに毒を飲ませたのだと」

「なっ……！　そ、そんなのあの子の嘘よ！　デリアは前々からお兄様の妃になりたいって野心を持っていたもの。フォルティーナ姫のことを邪魔に思っていてもおかしくないわ」

ルートヴィヒが命じた捜査官らは、そう手こずることもなく実行犯から首謀者へたどり着いた。

一応デリアも足がつくのを恐れ、何人もを介し、フォルティーナに毒入りの果実水を飲ませたようだが、所詮は世間知らずの娘が立てた計画だ。

捜査の過程でレニエ公爵家が浮上した時、ルートヴィヒは動機の推測はできても、誰が命を下したのかまでは判断することができなかった。公爵がおいそれと尻尾を出すとは思えない。

では娘の方から取り崩してみようかと考え、内密に彼女のもとへ赴いた。油断させるために花束まで用意して。

ギデノルト王が「おまえは私に似て美男子だ」と言うこの顔は確かに役に立つ。王太子の身分も加わればなおのこと。

突然の訪問にもかかわらず何の警戒心もなく喜色満面でルートヴィヒを出迎えたデリアだったが、話をするにつれて顔から笑みが消えていった。

フォルティーナ毒殺未遂の件で、すでに実行役を特定したのだと告げれば、彼女は面白いくらいに動揺を露わにし、こちらの求めるまま真実を口にした。

普段社交の場で見せることのない氷のような声と眼差しを直に浴びたデリアは、平静を取り繕う余裕を失った。

「デリア・レニエは、おまえといつどこで、どのような会話をしたのか詳細に話してくれた。デリア・レニエの友人の証言も取れている。園遊会がお開きになったあと、おまえはやたらと機嫌がよかったそうだな」

ルートヴィヒは冷え冷えとした目で妹を見据える。

「……」

「父上と母上もおまえの国外追放には同意している。泣きついても決定は覆《くつがえ》らない」

言い終えたルートヴィヒは、用は済んだとばかりに腰を浮かせた。

茫然自失という体だったリーズルの瞳に烈火のごとき強い光が宿る。

「どうして！　どうしてわたくしが国を出ていかなければいけないのよ⁉　わたくしは何もしていないわ！」

「身勝手な理由で殺人教唆《きょうさ》をするような娘は王家には必要ない」

ルートヴィヒは酷薄に告げた。

「わ、わたくしはフォルティーナ姫を殺せとは言っていないわ！　ガルレ宮殿から追い出したくて彼女の体調を崩すようどうにかしてって、そう依頼しただけよ。本当よ。それをデリアが拡大解釈して致死量の毒を盛ったのよ！」

「今回の件はどちらか一方ではなく、おまえたち二人の罪だ。おまえはもっと賢い娘だと思っていたが、見込み違いだった」

ルートヴィヒは妹へ向け突き放すように言った。

それが引っかかったのだろう。リーズルは腹の奥に溜め込んでいたものを噴射するように叫んだ。

「あんな女がお兄様のお妃候補だなんて許せるはずがないじゃないっ！　さっさと出ていけばいいのに、あの女、お兄様との仲のよさまで自慢して。お兄様は今までどんな女が相手でも特別優しくなんかしなかったのに、どうしてあんな女を庇うのよ！」

「俺がフォルティーナにどう接しようと、おまえが口出す権利はない」

「お兄様はずっとわたくしに優しかったのに、あの女が現れて変わってしまったわ」

「俺がおまえに優しくしてやっていたのは、おまえが無害だったからだ。今後のことを考えて相手をしていた。それだけだ」

同じ両親を持つ弟妹という以上の情をリーズルに持っていたわけではない。複数いる弟妹の中の一人であった。

彼女のエスコート役を受けていたのは、そうすれば他の娘たちの相手をせずに済んだから。彼女の茶会に付き合ってやっていたのは、それなりに良好な関係を保っておけば、降嫁後も影響力をある程度持っておけるから。

向こうもそれを分かった上でルートヴィヒのことを自尊心を満たすための道具として利

用していたるのだと考えていたが、まさかこんなにも幼稚な思考ゆえだとは思ってもみなかった。

「おまえのさっきの言葉を借りると、フォルティーナ姫が図太かったおかげで、おまえは命を保証してもらえたんだ。もしも彼女が天上の国へ召されていたら、俺はおまえに同じ毒を与えていた」

低い声で告げてやると、リーズルが一瞬呼吸を止めた。

ルートヴィヒは今度こそ退出した。

その日の晩、ルートヴィヒはギデノルト王から食後酒に付き合えと言われた。

「リーズルは……あれで可愛いところもあったのだがなあ」

銀色のゴブレットに注ぎ入れた酒をちびちび舐めながら零した言葉を聞かなかったことにする。罪を犯した娘であっても、親として愛情を捨てきれない部分があるのだろう。

夕食前にリーズルと最後の別れを済ませてきたと聞いている。

明日、彼女は西の隣国にある貴人女性のための牢に収容される。十年ほどの収監期間が明けたのち、かの地の修道院へ身を寄せることになるだろう。ルートヴィヒは身元引受人になるつもりはなく、両親や弟妹にも禁じた。生涯あちらの国で過ごさせるつもりでいる。

これらの条件を呑んでもらったのだ。父の寂しさを受け止めるのは己の役割である。

(母上はもう少し抵抗を示すだろうと考えていたが……)

しかし彼女は軽率で愚かな娘の行動に胸を痛めたように目を伏せたあと、レニエ家の手前もあり娘の処分に同意した。フォルティーナが倒れたのが慈善活動の場であったことも大きかったと思われる。

王都で行われる慈善活動の多くに王妃は関わっている。人々を救う場を犯行場所に選んだことへの怒りもあるのかもしれない。

ゴブレットの中身が残り僅かになった頃、ギデノルト王が尋ねてきた。

「……おまえは、フォルティーナ姫の扱いをどうするつもりだ？」

「フォルティーナ姫はある意味、先のゲルンヴィッテ王の犠牲者です。まずは本来与えられるべきであった知識を得る機会を与えたいと考えています」

彼女の生い立ちと、それに至った理由についてルートヴィヒはギデノルト王に報告していた。今の彼女には時間が必要だと考えたからだ。

「あの王も聖ハイスマール帝国の再興などという夢に取りつかれおって……。それはマイスも同じことだがな……」

ギデノルト王は、ふう、といささか重たいため息を吐いた。

「レニエ公爵は娘の暴走をおまえの行いのせいにしたがっておるそうではないか」

「俺がいつデリア・レニエが妃候補だと言いましたかね？」

あの公爵もまた、フォルティーナのことが気に食わないのだ。国を失くした元王女が保護され、王太子から過分な気遣いを受けている。今まで彼が使用していた別館を提供し、さらには王妃から女官と侍女まで借りたというではないか。にもかかわらず何の発表もされない。それこそが自慢の娘を罪へ走らせた原因ではないか。責任転嫁とも取れる苦言を呈された。

「私に聞くな。だが、このようなことが起こったのだ。フォルティーナ姫の扱いをはっきりさせねばなるまい」

「……」

ルートヴィヒはそれには返事をせずに、蒸留酒の入った瓶を持ち上げ自身のゴブレットにトクトクと注ぎ入れた。

「あの娘の行き先を決めるのはおまえだ。王太子妃か修道院か。さて、どちらを取る？」

フォルティーナを他の男にやりたくはないというギデノルト王の明確な意思表示を前に、ルートヴィヒは押し黙る。

現時点でギデノルトはマイスと直接やり合うつもりはない。しかし、マイネッセン一帯の諸侯らがギデノルトへの帰属を希望していることと、将来起こり得るかもしれない有事を考えれば、ルートヴィヒがフォルティーナを娶る意義は大きい。

国を治める王の婚姻は、時に領土争いへと発展する。彼女を他の男にやるくらいなら修道院へ押し込めたいというギデノルト王の気持ちは理解できる。

「彼女は……やっと父親の呪縛から解き放たれたのです」

「婚約期間は……そうだな、一年半くらいあれば十分か」

「父上」

「あの娘では満足できないか。では結婚後に他に気に入りを作ればいいだろう。ただし子供を最低二人は作ったあとだ。それから相手は十分に吟味《ぎんみ》しろ」

「いえ、そういうことではなくてですね」

どうして父から具体的な家族計画及び愛人を提案されなければならないのか。

「俺は愛人は持ちませんよ」

ルートヴィヒは父の顔をじろりと睨みつけた。

「うんうん。それがよかろう。やはり妻とする女性を大切に扱わなければな。おまえがフォルティーナ姫以外に気に入りを作れば、妻《あれ》が私にめそめそと愚痴を言ってくるだろうし」

いや、そういうことではない。

「俺の気持ちはともかく、フォルティーナ姫にも選択権があります。彼女の意思を無視して話を進めないでいただきたい」

これ以上ここに留まっていても堂々巡りになる。

ルートヴィヒは立ち上がった。

ギデノルト王は退室する息子を止めることなく見送った。

バタンと扉を閉める。

歩き始めたルートヴィヒの後ろにザシャが続く。

「お疲れのようですね」

「父親の酒に付き合って楽しく酔えるか」

「それはまあ、確かに」

ザシャが同意するように苦笑する。

それ以降、無言で歩く。

フォルティーナを妻とする。してしまえばいいではないか。ルートヴィヒとてその可能性は頭に入れていた。次世代にゲルンヴィッテ家直系の血を入れておけば、旧ゲルンヴィッテへ介入する理由になる。

選択肢は多い方がいい。

先の戦で、マイスの領土はギデノルトとほぼ同じ大きさになった。

マイスがこの先も対外政策において強硬路線を維持するのなら、いつか衝突する未来が訪れるだろう。

だが、感情の部分がルートヴィヒに問いかける。

フォルティーナを今度はギデノルトに縛りつけてしまう気なのか、と。

彼女は幼い頃から父親の支配下にいた。眉唾ものの伝承に縋りついたあの王は、娘を道具としてしか見ておらず、宮殿の奥に閉じ込めた。

洗脳も同然だった。フォルティーナは生きたいという当たり前の感情すら持つことを躊踏うほどだったのだ。

毒に倒れたフォルティーナを助けようとルートヴィヒは必死になった。できることはやった。あとは彼女の気力次第だと言われ、何度も何度も彼女に語りかけた。戻ってこい。もう一度会いたい。笑顔を見せてくれ、と。

その甲斐あってか、死地から戻ったフォルティーナは、しかし絶望した声で言ったのだ。

「わたしはまた死ぬことができなかった」と。

あの時、ようやくルートヴィヒは彼女が抱えるものの大きさを知った。

胸が痛くなった。彼女を助けたい。解放してやりたい。

だからこそ、己が新たな枷《かせ》になるわけにはいかない。

守りたいと思ったから。

フォルティーナを、彼女を害そうとする者たち全てから。

第3章

「フォルティーナ、外に出て三十分以上経つと聞いた。体に障るといけない。中へ入った方がいい」

　別館を訪れたルートヴィヒが慌てた顔で近付いてきた。

　医者からは昨日「もう通常の生活にお戻りいただいても大丈夫でしょう」と言われていた。ずっと寝室で養生していたため、侍女が気分転換も兼ねて外でお茶をしてみてはと提案してくれたのだ。

　風にさわさわ揺れる花々や流れゆく雲を見ながら飲むお茶は、先日ルートヴィヒと一緒に外でとった朝食の時の気分を思い起こさせた。今日は一人きりだなと考えていたら本人が現れた。ぴょんと、胸の奥で何かが跳ねた。

「ルートヴィヒ殿下もお茶を飲みますか？」

「茶なら中で飲もう」

　彼は離れた場所に佇む給仕係に合図した。

　フォルティーナはルートヴィヒに促されて立ち上がる。

　すっと彼の腕が伸びてきた。彼の手が頬を滑る。

「冷たくなっている。体が冷えたんじゃないか？」

「そのようなことは……」

と言いかけたら「クシュン」とくしゃみが出た。

ルートヴィヒは、それ見たことか、と言いたげな目線を寄越してきたが、今のこれは寒気とは違う。単に鼻がむず痒くなっただけだ。

「俺の上着を羽織るか？」

「……大丈夫です」

毒に倒れたフォルティーナが目覚めて以降、ルートヴィヒは以前よりも頻繁に別館を訪れるようになった。そして何くれとなくフォルティーナの世話を焼く。

多分、責任感が強いのだ。

彼はフォルティーナが心の奥に厳重に隠していた、生きてみたい、という気持ちを見つけ出し、それを肯定してくれた。

本当は、まだ不安だ。この道を選んでいいのかと問いかけてくる自分がいる。

でもそのたびに、フォルティーナを抱きしめながら生きてくれと願ってくれた彼の言葉を思い出す。そうすると胸の奥がぽかぽかと温かくなって心が軽くなる。

庭を望むサロンに移動したフォルティーナたちの前に新しいカップが供された。

給仕係がルートヴィヒのカップにお茶を注ぐ段になった時「わたしが淹れます」と口にしていた。まだできることは少ないけれど、返せるものから返していきたい。

ルートヴィヒの視線を感じつつ、慎重にカップにお茶を注ぐ。

「ありがとう」

ルートヴィヒと目が合った。

柔らかな光に晒されていることに胸の奥がむずむずして、思わず下を向いてしまう。

彼はどこか雰囲気が変わったと思う。それにいつの間にか、二人きりの時はフォルティーナ、と名前だけで呼ぶようになった。

たったそれだけのことなのに、妙に心臓が騒ぐのだ。

変なの、と思うのにその変化が嫌ではなくて、さらに首を傾げている。

「今日はいかがなさったのですか？」

「用事がなければ来てはいけないのか？」

ルートヴィヒが少しだけ唇を曲げた。

「いいえ。そのようなことは――」

狼狽えるフォルティーナを前にルートヴィヒが小さく肩を揺らした。

「冗談だ。まあ、今日に限っては、用事もあった。だがこれまで通りフォルティーナの顔を見たくてやってきても、追い返さないでくれると嬉しい」

「用事ですか？」

「父上と母上があなたにリーズルの件で謝罪をしたいと言っている」

実はフォルティーナが目覚めてすぐに要望があったそうだ。

しかし、ルートヴィヒはフォルティーナの体が回復してからにするべきだと言い、二人の訪れを止めてくれていた。あの時は、自分のことで精いっぱいだった。

彼の気遣いをありがたいと思う。

「一応もう一人の首謀者であるデリアの父親、レニエ公爵からも謝罪文を受け取っている。対面で謝罪したいとも言われたが、あの公爵のことだ、謝罪の他に余計なことまで言いかねない。あちらに関しては、もう少し時間を置いた方がいいと思う」

毒を盛られた本人よりもルートヴィヒの方が根に持っている模様だ。

死にかけたにもかかわらず、フォルティーナはあまり怒っていない。あの時は、ようやく生から解放されると安堵したからだ。

おそらくフォルティーナのそのような態度についても、彼は歯痒く感じているのだろう。優しい人だ。

だからこそ、今後のことをきちんと考えなければならない。

「わたしも陛下との対面の席で、改めてお礼を申し上げたく思います」

「あまり恐縮する態度を見せるとつけ込まれることになる」

「でも……。たくさんよくしていただきました。ルートヴィヒ殿下にも。それで……少し考えたのです」

「何を？」

「もう体も回復しましたし、ガルレ宮殿から出ていこうと」

「なっ……んでだ!?」

椅子がガタンと揺れた。腰を浮かせる彼に、目をぱちくりさせた。

「今の厚遇と親切に甘え、いつまでもガルレ宮殿に居座るわけにはいきません。それに、この別館はもとはルートヴィヒ殿下の住まいだったはずです。わたしがいつまでもいていいわけ、ありませんから」

そのあとにさらに続ける。

「わたしも孤児院に入ることができるでしょうか？　それともある程度の年齢になった者には、別の施設があるのでしょうか」

「だめだ！」

必死の形相のルートヴィヒがフォルティーナの両肩に手を置いていた。

彼が声を荒らげるのは久しぶりのことだった。

つい肩をびくりと揺らせば、ルートヴィヒはばつが悪いとでもいうように視線を逸らしたあと、幾分声を和らげた。

「あなたはあの時、俺におかえりと言ってくれたではないか。あれは嘘だったのか？」

どこか必死さが垣間見えてたじろいでしまう。

「嘘では……」

「そもそもどうしてそんな思考回路になったんだ。理由を教えてくれ」

理由も何も……と思ったが、黙秘は許さないという彼の目力に屈したフォルティーナは、リーズルやデリアとのやり取りを口にした。

それを聞いたルートヴィヒが「……ちっ。あんの小娘ども」と低い声を出した。

ルートヴィヒは椅子に座り直し、その身を落ち着かせるように深呼吸をした。

「いいか。本当にフォルティーナを追い出したかったのなら、俺が自分の口から伝えている。今みたいに止めたりしない。俺はフォルティーナと――」

そこまで流暢《りゅうちょう》に話していたルートヴィヒだったが、途中でぴたりと口を閉ざした。

「わたしと？」

「先々のことは置いておいてだな。まずは、本来であれば得られるはずであった教養を身につけるべく励むというのはどうだ？」

「教養……ですか？　古語や叙事詩の授業でしょうか」

子供の頃に受けていた授業の延長のようなものだろうか。尋ね返すとルートヴィヒから過去にどのような教師を遣わされたか質問された。

それを繰り返す過程で、ルートヴィヒはフォルティーナが外への興味を持たぬよう管理されていたことを導き出したらしい。

「今のフォルティーナに必要なのは、広い視点の知識だと思う。あとは社交の基礎か。国際情勢や世界史は俺とバルナーで教えよう。他の教師の手配も任せてほしい」

てきぱきと話を進めていくルートヴィヒにこくこくと頷いた。

彼の言う通りにすれば、自分も普通になれるだろうか。ギデノルトで出会った貴族の少女たちのように、同じ年頃の女の子同士でおしゃべりをしてみたい。

胸の奥からやる気と同時にわくわくした気持ちが生まれるのを自覚する。こんな風に明日への期待を持つのは初めてかもしれない。

「少しずつ、世界を広げていこう。そのあとで、改めて今後のことを考えてほしい」

ルートヴィヒが柔らかく目を細めるのをフォルティーナはふわふわした心地で見つめたのだった。

その二日後の午後、フォルティーナはルートヴィヒのエスコートで国王夫妻との謁見の場に赴いた。

場所は謁見の間に近い応接間を指定された。外国から訪れる賓客も通されるというその部屋はギデノルトの威厳を示すようにあらゆる場所に金が使われている。

今回応接間に通されたのは、この謝罪が国王と王妃としてではなく、リーズルの親としてのものであるため、非公式扱いだからだ。

王と王妃は簡単に謝罪を口にできないのだという。それでも、このような場を設けたのは、彼ら二人の親としての責任感によるもので、誠意の表れだ。

部屋の中央に設えられた脚の短い長方形のテーブルを囲むように複数の椅子が置かれている。奥側の薄い緑色の絹張りの椅子に王と王妃が横並びで座り、その対面にフォルティーナが一人で着席した。ルートヴィヒも同席している。

定型の挨拶ののち、国王夫妻は揃って頭を下げた。

「我らの娘が行ったことは、許されることではない。娘の浅慮な行いについて、あれの親として謝罪する。申し訳ない」

ギデノルト王は、きちんと心が込められていると分かる声を出した。人々を統べる立場である王が非公式とはいえ、ただの小娘も同然のフォルティーナに頭を下げたのだから、ただただ呆然とするしかない。

「……あの、わたしはあまり怒っていないので……」

ついそんなことを口走ると、斜め横の一人用の椅子に着席するルートヴィヒから冷気が漂ってきた。

そんな息子にちらりと目を向けたギデノルト王が柔らかな声で言う。

「優しすぎるのも隙になり得るぞ。この件はリーズルとレニエ家の娘、二人が表舞台から姿を消すことで幕引きとなった。二人の浅はかな行いは周囲に知られることとなった。しばらくの間、周辺が騒がしくなろう。私よりも、まだそこにいる息子の方が動きやすいゆえ、何かあれば遠慮なく頼るといい」

「体の具合はどう？　まだ辛いことがあれば遠慮なく女官に伝えてちょうだい。他に、故郷の食事が恋しいなどあれば、気兼ねをしないで伝えてね」

国王のあとを王妃が引き継いだ。

どちらの言葉もフォルティーナへの気遣いで溢れていた。

お礼を言うなら今だと思い、腹の奥に力を入れた。

「か、過分な配慮をくださりありがとうございます。そして、ギデノルトに到着して以降の厚遇についても改めてお礼を申し上げます」

場数を踏んでいないため少し声が震えたが、最後まで言うことができた。

「そう硬くなる必要はない。姫もギデノルトでの生活に慣れてきただろう。今後どうしたいなどと、そろそろ身の振り方について考える余裕が出てきたのではないか？」

「はい。わたしはまず親切にしてくださったルートヴィヒ殿下のお役に立ちたいです。とはいっても、わたしにできることは本当に小さなことばかりなのですが……」

「ふむ。ルートヴィヒの役に、とな。ではどうだろう――」

「父上」

するすると進む会話を遮るのが目的か、ルートヴィヒがギデノルト王に声をかける。

「会話の邪魔をするな。私は今、フォルティーナ姫と話している。選択するのは姫だ」

ギデノルト王は息子を冷たくあしらう。

「フォルティーナ姫よ。役に立ちたいと言うのなら、そこのルートヴィヒの妃になるのはどうだ？」

「――っ？」

予想もしていなかった提案にフォルティーナは目を丸くした。

「前にも言うたが、ゲルンヴィッテにはもはやそなたの居場所はない。かの国の者たちも元王女が隣国で幸せに生きているのだと知れば安堵するだろう」

「父上！　フォルティーナ姫に今必要なのは静養と知識の吸収です。選択するのは姫だなどと口にしながら、姫の純粋さにつけ込まないでいただきたい」

ルートヴィヒが怒気を表に出す。どうして彼はこんなにも怒っているのだろうと考え、ピンときた。

「あ、あの……。わたしのような物知らずはルートヴィヒ殿下には相応しくないと思い……ます」

言いながら情けなさがこみ上げてきて、尻すぼみになった。

「俺はあなたを非難したわけじゃないんだ」

ルートヴィヒは即座にぴりりとした気配を霧散させた。

「フォルティーナ姫よ。そこの息子のことをどう思う？　私に似て美男子だと思うのだが。この国の若い娘たちはきゃあきゃあ騒いでおるぞ。私の若い頃に比べるとまだまだだがな」

ギデノルト王に問いかけられたフォルティーナは、じいっとルートヴィヒを凝視した。

「美男子だと……思います？　い、いえ。思います」

若干語尾が上がったため、慌てて言い直した。国王の言葉を否定するのは失礼だ。

返事を聞いたギデノルト王が「ぷっ……くっ、くく……」と噴き出した。

今の返事は笑いを誘うようなものだったのだろうか。ああでも怒り出すよりましなのか。

また変なことを言ってしまったのではないかとフォルティーナは狼狽える。

「ルートヴィヒはあれほど甲斐甲斐しく通っているというのに……」

「あなた。若い者たちで遊んではいけませんよ」

隣に座る王妃が王を諌《いさ》めた。

「実はな、マイスからフォルティーナ姫の身柄を改めて要求する手紙が来ておるのだ。今度は抜かりなくマイスでの生活計画までしたためておる。あまり信用はできないが、断るには理由がいるし、小さなことで揉めたくはない」

ギデノルト王が言うには、まだ未解決である旧ゲルンヴィッテの西側地域の帰属について、当事者である諸侯らとマイス、そしてギデノルトで話し合いが持たれることになったのだそうだ。

場所はこのガルレ宮殿とのこと。その際マイスの使節団は再度フォルティーナの身柄引き渡しを要求してくるだろうと続けた。

「亡命よりもルートヴィヒの婚約者だと宣言した方がこの国に留めておく理由にはなる」

「……それを最初に言ってください」

ルートヴィヒは不貞腐れたように言った。

「おまえが話を最後まで聞かぬのだろう」

「……」

いよいよルートヴィヒが黙り込んだ。

「姫君は、マイスへ渡りたいか？」

ゲルンヴィッテ軍がマイス軍に降伏したあとの記憶はおぼろげで、あまり覚えていない。あの頃は父を助けることができなかった悔恨を抱え、ひたすら死を願っていた。

幽閉されていた部屋に男性が訪れ、体の自由を奪われたことが脳裏に浮かび上がった。

今になって背中を冷たいものが這い上がる。

あのような者がいる国へ行くか、ギデノルトに留まるか。今、ここで選ばなくてはいけない。自分の行く末を。

フォルティーナは無意識にルートヴィヒを視界に入れた。

マイスへ渡ることは、ルートヴィヒとの別れをも意味する。そう思い至った途端に胸の奥がきゅうと締めつけられた。

多分、寂しいのだと思う。彼と別れることが。会えなくなることが。

考え込むフォルティーナのことをルートヴィヒが食い入るように見つめていた。

そんな二人の様子を眺めていたギデノルト王が明るい声で言う。

「そう難しく考えなくてもよい。まずはそうだな……。ルートヴィヒに恋をしてみてはどうだ？」

「こ、恋……？」

初めて聞く単語を復唱する。

「そうだ。そなたがルートヴィヒに恋をすれば、何やら拗らせ気味のそこの息子も納得するだろう。のう妃よ、巷《ちまた》では恋を題材にした歌劇が流行っているのだったな？」

「ええ、わたくしのお友達も気に入っていますよ」

話を振られた王妃がおっとりとした顔で頷いた。

ギデノルト王は導き出した提案が最上だとばかりに上機嫌である。

話の進み方が速くてついていくので精一杯だ。

しかし、一つだけ確認しなければならないことがあると思い至る。

「恐れながら陛下に質問がございます。恋とは一体どのようなものなのでしょうか？　わたしはどうしたらルートヴィヒ殿下に、恋……とやらができるのでしょうか？」

それを聞いたギデノルト王は口を大きく開けて愉快そうに笑ったのだった。


翌日、フォルティーナを散歩に誘いに来たルートヴィヒだったが、その様子はどこかぎこちないように感じられた。

一見するといつもと同じだ。でも、僅かに違うように思える。

まず、目が合う回数が減った気がする。それから妙に落ち着かない様子だし、平素の余裕がある表情とも違う気がする。

「ルートヴィヒ殿下は、わたしにどうやって恋なるものを教えるか悩んでおられるのですか？」

「……違う」

少々間を置いたのち返事があった。

昨日の面会の最後、フォルティーナがした質問にギデノルト王はこう答えた。

「そこにおる息子が恋について教えてくれるだろう」と。

フォルティーナは一つひらめいた。

「ルートヴィヒ殿下も実は恋をしたことがないのですね？」

「なっ……。恋くらい――」

なぜだか声を上擦らせたルートヴィヒは途中で言葉を止めてしまう。

「経験がおありなのですか？」

「…………」

質問に答えは返ってこなかった。

「ルートヴィヒ殿下は恋をしたことがないから、わたしに恋を教えることができない。だから今日はどこか物憂げなのですね」

「……恋くらい教えられる」

ルートヴィヒがムッとしたように言った。そしてトンッとこちらとの距離を縮める。

目の前に立った彼がフォルティーナの手を掬い上げた。

これから何が始まるのだろうと思いながらルートヴィヒを見上げる。

もう片方の彼の手がフォルティーナの金の髪に触れる。顔の横で揺れるそれらを後ろへ流したのち、手を頬へ滑らせた。大切なものを扱うような丁寧な触れ方に目を細めた。

　胸の奥にこぽこぽと小さな気泡が生まれては弾けていく。

　ずっとこうしていてほしいなあと思い目を閉じたその時、温かな手のひらの感触がなくなってしまった。

「ルートヴィヒ殿下？」

「俺の方から触れておいて、こんなことを言うのはどうかと思うが、少しは危機感を持った方がいいぞ。そんな無防備でいたら悪い男にパクッと食われてしまう」

　言いたいことがさっぱり分からずに「はあ……」という生返事が漏れた。

「近いうちにマイスの使者としてアルヌーフ王子がギデノルトを訪れるだろう。俺はあの国にフォルティーナを渡したくない。政治的にも、個人的にも。そのためにも一度婚約を交わしたい」

　ルートヴィヒの声が先ほどよりも真剣みを帯びたから、フォルティーナも神妙な顔つきになって頷いた。

「王族の結婚は準備に時間がかかる。あなたの学びの時間も必要だ。その間に王妃の地位など重荷だと逃げたくなったら言ってくれ。俺があなたを逃がす」

　ルートヴィヒはどこまでも優しい。彼なりにこちらの負荷を軽減しようと考えてくれている。

「大丈夫です。わたしはルートヴィヒ殿下に恩を返したい。妃になることが陛下とあなたの意思に添うのであれば、わたしはそのように生きます」

「父上は俺とあなたの結婚を、将来の選択肢を増やすための布石と考えておられる。ただ、俺の妃になることは恩返しだときっぱり言われてしまうのは寂しいものだな」

「も、申し訳――」

ルートヴィヒの人差し指によって唇が塞がれた。

言い方がよくなかったらしい。

彼の力になりたい。そういう思いもあった。心の奥に芽生えた気持ちを一言で表すのは難しい。

「王族や貴族の結婚に恋など必要ないんだ。政の延長だからな。俺たちの階級の人間は皆理解している。ただ……」

ルートヴィヒは一度言葉を区切った。

「フォルティーナに恋を教える人間が他の男だというのは……嫌だ」

こちらを見つめるはしばみ色の双眸には、今まで浮かんでいなかった熱のようなものがある気がした。

胸の奥がじわりと熱くなるのを自覚する。

もしも、ルートヴィヒから恋を教えてもらったらどうなるのだろう。

彼以外の男性から教えてもらうのとでは何が違うのだろう。

「もっとあなたが世間を知れば……もう一度恋について話し合おう」

熱心に見つめ続けていると、ルートヴィヒが苦笑を漏らした。

ワンワンッ――。

二人だけの空気を破るかのように聞き慣れない鳴き声が離れた場所から聞こえてきた。どんどん近付いてくるではないか。

獣だ。茶色くて大人の膝くらいまでのふさふさした毛並みの動物が真っ直ぐに走ってこちらに向かってくる。

「きゃっ」

初めて相対する生き物に怖気づき、フォルティーナはルートヴィヒの後ろに回った。背中の生地をぎゅうと握り、彼に密着する。

「アーディ、座れ」

命じることに慣れたルートヴィヒの低い声が耳朶《じだ》に届く。

すると獣がその場に尻をついた。地面についた尻尾がぱたぱたと左右に揺れている。

「フォルティーナ、もう大丈夫だ。この犬はきちんと躾けられている。突然襲いかかってはこない」

そぉっと彼の背後から顔を覗かせる。確かに今は尻を地面につけている。ただし黒い両目はぎらぎらと光っていて、隙あらば突進してきそうにも思えるが。

本当に？　フォルティーナは疑念に満ちた目でルートヴィヒを窺う。

「現に今、きちんと座っているだろう？　これはアーディといって、猟犬の両親の間に生まれたんだが、その年に生まれた中で一番体が小さくて、母上が引き取ったんだ」

近くから二人を警護していたザシャがアーディに近付き、紐を持つ。

ホッとしたものの、隙あらば飛びかかられそうだ。警戒心を解くことができないため、ルートヴィヒからも離れられない。

「……それでマチルダ。これは一体何の真似だ？」

ルートヴィヒが鋭く声をかけた。

そちらへ目をやる。大人の足で十、いや十五歩くらいの距離に、フォルティーナのように上質な絹の外出用のドレスを纏った少女と、犬の世話係と思しき男性が佇んでいた。

少女の方は覚えている。以前会った。ルートヴィヒの三番目の妹だ。

彼女はゆっくりとした歩調で向かってくる。

「ご覧の通り、アーディの散歩に付き合っていましたの。元気がよいものですから、世話係を振りきって駆け出していったのですわ。アーディはお兄様たちに遊んでもらいたかったのですね」

マチルダは、はきはきとした口調で答えた。

「これからはしっかり手綱を握っておくんだな」

近付くことを許可された世話係がザシャからアーディの紐を受け取る。その途端にアーディは両前足を持ち上げてルートヴィヒへ飛びかかろうとした。

彼の側はむしろ危ない。フォルティーナはルートヴィヒから離れる。

ルートヴィヒは再び「アーディ、座れ」と低い声で命じたのち、世話係に「早く連れていけ」と言った。

世話係は名残惜しそうにくんくん鳴くアーディを引きずるようにして去っていった。生まれて初めて見る生き物には驚かされたけれど、悪い子ではないと思う。大好きなルートヴィヒと遊びたいだけなのだ。

「おまえも散歩の途中だったのだろう？」

世話係とは違い、この場に留まり続けるマチルダに向けて、ルートヴィヒが言外に退場を促した。

「せっかくお兄様とお会いできましたので、少しお時間をいただいても？」

「最初からそういう魂胆だったんだろう？」

「まさか」

マチルダはふわりと微笑んだまま、ゆるりと首を横に振った。

ルートヴィヒはそれ以上何も言わなかった。

同席を許可されたのだと解釈したマチルダはフォルティーナへと視線を向けてきた。

「フォルティーナ姫を驚かせてしまったことについて謝罪しますわ。アーディはもう三歳だというのに、まだわんぱく盛りなのです」

「兄弟たちに負けて母犬の乳にありつけなかった赤ん坊時代が嘘のように元気になったな」

「先ほどのはしゃぎようは、お兄様があまり構ってやらないのも原因かと思いますわ」

「アーディと遊んでいるほど俺は暇じゃない」

「ええ、存じていますわ。愚かな姉の後始末も大変でしたでしょう。レニエ家まで巻き込んで。まあ、あれはデリア・レニエがいらぬ野心を抱いたのも原因でしょうが」

マチルダは十二歳という歳にしては大人びた乾いた声を出した。彼女がリーズルの件に言及したからか、ルートヴィヒが醸し出す気配が硬さを帯びた。

「マチルダ王女――」

主に代わりザシャが口を開く。

それには取り合わず、マチルダは兄を見据えてゆるりと口を開く。

「今日偶然出会ったのは、いい機会でした。わたしはお母様の名誉を挽回したいのです」

「何が言いたい？」

「お母様は愚かな娘のしでかした件について、ご自分の躾が失敗したのだと嘆いておいででした」

「つまり、自分は姉《リーズル》とは違うのだと？」

「ギデノルト王家の姫は愚か者だという認識を持たれたままでは悔しいではありませんか」

マチルダははっきり言いきった。

ルートヴィヒは彼女の真意を見定めるように視線を据える。

「あれの表面しか見ていなかったのは、俺にも非があることだ。次はもう失敗したくない。俺に構ってほしいからとか、俺を独占したいからとかいう二心はないんだな？」

「わたしを、あの姉と一緒にしないでください。心底腹が立ちます」

兄の念押しにマチルダが吐き捨てた。

「フォルティーナ、マチルダはこう言っているが、あなたはどう思う？　あなたの気持ちを優先させたい」

フォルティーナは改めてマチルダを見つめた。

自分よりも年下の少女は、しかし年上の人間が相手でも物怖じせずに、はきはきと自分の意見を言う。瞳の中に宿る光は理知的で、どこかルートヴィヒを思い起こさせた。

彼女は静かに待っている。フォルティーナが出す答えを。こちらへ向けられた眼差しは静かだ。その中にほんの少しだけ好奇心が交ざっているように思えた。

彼女と交流をしてみたいか。自分自身へ問いかける。

脳裏に浮かぶのは同世代の女の子たちが笑い合う光景。ルートヴィヒと接するのとも違う憧憬《しょうけい》が胸を占めていった。

もしかしたら、また失敗してしまうかもしれない。

でも、次に同じことを繰り返さないために努力して、マチルダと一から関係を築いていきたいとも思っている。

自分にできるだろうか。ううん、やってみたい。

フォルティーナは心の中に芽生えた小さな気持ちをそっと掬い上げ勇気を振り絞って言った。

「あの……。お、お、お友達になってほしいです」

「こちらこそ、よろしくお願いします」

にこりと笑ったマチルダの前でフォルティーナの心臓はドキドキと早鐘を打つのだった。

ルートヴィヒは先日の提案通り、フォルティーナにさまざまな教師を手配してくれた。

ギデノルトへ来てからぼんやり過ごしていたフォルティーナは、にわかに忙しい日々を過ごすこととなった。

旧聖ハイスマール帝国を起点とした歴史と現代の社会情勢、それから貴婦人が身に着けるべき社交マナーや会話術にダンスなどなど。覚えることは盛りだくさんだ。

ルートヴィヒが手配してくれた教師たちは足りないものだらけのフォルティーナを馬鹿にすることなく丁寧に真摯に教えてくれる。

それから彼自身、朝や夕食後に時間を取って授業を行ってくれるようになった。時には彼の側近バルナーも教師役を務めてくれる。

毎日授業に明け暮れるのには理由があった。

近々舞踏会へ出席する旨をルートヴィヒから告げられたからだ。

「正式な婚約発表は少し先だが、その前に根回しを行っておく必要がある。それからフォルティーナの後ろ盾を得る必要も」

彼が言うには、いくら歴史あるゲルンヴィッテ家直系の姫だとしても、国を失くしたフォルティーナを侮る者は必ず現れるとのこと。王太子の妃選びは権力争いに直結するため、誰が妃に内定しても反対意見は出るのだという。

外野の余計な声を最小限に抑えるためにも、必ず味方を作っておくのだそうだ。

ルートヴィヒはギデノルトの貴族名鑑をめくりながら、いくつかの家名を言った。すでに打診の手紙を送っているのだとか。

「俺との婚約云々は置いておいても、ギデノルトで暮らしていくなら頼れる家があるというのは大きな力になる」

後日、第一候補のレンフェルト公爵家より色よい返事をもらったと伝えられた。

まずは双方の顔合わせとなる。多くの客が訪れる舞踏会がいいだろう。王太子がフォルティーナ姫を連れ立って出席すれば、二人の仲が良好であるのだと喧伝もできる。

舞踏会というからにはダンスは必須だ。

とはいえ、フォルティーナは生まれてから一度もダンスを習ったことがなかった。

教師からは、まず体力作り、それから体幹を鍛えること、基本的なステップを足に覚え込ませるために空いた時間に反復練習を行うことなどを徹底するよう厳命された。

王太子ルートヴィヒとダンスをすることはつまり、参加者全員の目が集まるということでもある。そう脅されたフォルティーナの心臓は竦《すく》み上がった。

「そこまで重圧を感じなくてもいい。俺が何とかするから」

「ルートヴィヒ殿下は楽観的すぎます」

励まそうとしてくれているのは理解できるのだが、危機感のなさに唇を尖らせた。記憶した動きを再現するだけではなく、一定の速さの音楽に乗って、目線は正面を見据えて、姿勢を崩さずに、などなど注意事項は山ほどあるのだから。

さらに一緒に授業を受けているマチルダの方がフォルティーナの数百歩も先を行くくらい形になっているのだから焦燥感は募るばかりだ。

そのマチルダとも順調に交流を重ねている。十二歳の彼女は、もうすぐ十七歳になるとはいえ世間と関わってこなかったフォルティーナの何倍もしっかりしている。宮殿育ちということもあり、貴族の情報にも詳しい。

「レンフェルト公爵とは、さすがの人選ですわね。あの家には息子しかいませんし、孫も全員男の子。さらには王家の血を引いているので、レニエ家であっても面と向かってあれこれ言ってきませんわ」

という具合でルートヴィヒの選択を、にこりと微笑みつつ褒めていた。

これをルートヴィヒへ伝えると、彼は眉根を寄せながら「これまであまり関わりがなかったが、なるほど……」とわけの分からない感想を述べていた。

マチルダには話し相手の少女が二人ついていて、彼女たちも含めてお茶をすることもあった。まだ会話にぎこちなさが残るフォルティーナに嫌な顔もせず付き合ってくれるおかげで、二回、三回と回を重ねるうちに徐々に自然体で話せるようになっていった。

マチルダ曰く「リーズルの集まりに出席する娘たちはみんなお兄様の妻の座を狙っていましたもの。ぽっと出のフォルティーナ姫をみんなで結託して追い出そうとしたのですわ」とのことだ。

今後はその手の嫌味に笑って返せるくらいの強さを身につけろと鼓舞《こぶ》されたから神妙な顔で頷いた。

いつの間にかフォルティーナはマチルダとのお茶の席を楽しみにするようになっていた。

彼女は古典や古語の勉強をするのが好きなようで、課題で分からない箇所があると、フォルティーナが助言を行うこともあった。以前の会話を覚えてくれていたらしい。ゲルンヴィッテに住んでいた頃の暇つぶしが役に立って嬉しいと思った瞬間だった。

毎日の授業や課題で忙しく大変だと思うこともあるけれど、ルートヴィヒはフォルティーナが飽きないよう工夫をしてくれる。

「座学だけではつまらないだろう」

そう言って彼は宮殿に献上された異国由来の珍しい品物が飾られた部屋に案内してくれたり、遠い国の動物が描かれた絵画を引っ張り出してきて見せてくれたりするのだ。

「この陶磁器が旅をしてきた国は――」

時には世界地図を指で辿ることもあった。

「これは東方冒険奇譚という、東の果ての国々を冒険した男が記した旅行記だ」

彼が見せてくれた書物には、未だかつて見たことのない海の生物が描かれてあり「こんな怪物が海にいるのですね」と怯えた声を出すフォルティーナに「これはさすがに誇張が入っていると思うぞ」とルートヴィヒがいささか乾いた声を出すこともあった。

「体力作りには、まず出歩くことだな」と言い、フォルティーナをリューデル市内へ連れ出してくれもした。

「単に殿下が息抜きしたいだけでしょう」

とは護衛役のザシャの弁である。

前回のような慈善事業への参加ではなく、少数の護衛のみで王都へ下りたつのは初めてのことで、フォルティーナは落ち着きなくあちこちに視線を巡らせた。

まず彼が連れていってくれたのは、前回毒のせいで倒れた教会だ。教会関係者も罰せられたと聞いているが、応対に現れた司教はフォルティーナの元気な姿を見て安堵していた。

そのあとは、近くの職業訓練所を覗かせてもらった。ここでは手工業や大工、鍛冶、皮加工など、さまざまな仕事について学べるのだという。

「職人たちは弟子をとって一人前になるまで育成するんだ。ここではさまざまな職業に触れることができる。自分の適性や興味を見つけるための施設だ」

訓練所には、孤児院の子供以外も通えるのだそうだ。手に職をつけることは、将来自分自身で食べていける手段の獲得に繋がる。また、職人の弟子になれば衣食住の面倒は見てもらえる。その反面、修業は厳しいのだという。

「訓練所で体験することで、やっぱり合わなかったということが少なくなれば、双方の利益に繋がる」

ルートヴィヒがフォルティーナをこの場所に連れてきたのは、その刺繍技術の高さを活かせないかと提案するためであった。

「母上も時々、この訓練所で作法の手ほどきをしているんだ」

「わたしの裁縫が役に立つのでしたら、やってみたいです」

何も持っていないと思っていたけれど、やれることはあるのだ。そのことが嬉しい。

訓練所の訪問のあと、中心部に位置する広場を少しだけ見学できることになった。

市庁舎や各職人組合の建物が連なる中央広場は、行き交う人も多く治安に問題はないとのこと。

近衛騎士の制服に身を包む男たちに守られるように立つ青年と娘という一行は、一見すると目立つが、王都で暮らす市民たちはちらちらと視線を向けはするものの、立ち止まったり、話しかけたりする者はいない。

「人々は着ている衣服でその人の身分を判別します。こうしてある程度身分を明かして堂々としている方が、人々は安易に話しかけてきません」

近衛騎士と積極的に関わり合いになりたいと思う市民はいないようだ。見事に遠巻きにされている。それというのも、王族を守る近衛騎士には街の警邏《けいら》たちよりも多くの権限が与えられているからなのだとか。

「もう間もなくだな」

ルートヴィヒが唇の端を持ち上げた。広場正面に立つ市庁舎には時計が設えられており、長針と短針が十二の位置で重なるごとに、仕掛けが動くのだという。

もうあと三分。一分。一体どんなものなのだろう。胸が高鳴る。

カチリ、と二つの針が頂上で重なり合ったその時、時計の下の小窓が開いた。中から現れた人形が動いたため「わあ……」と声を上げてしまった。

リューデルは初めて触れるもので溢れていた。広場では花売りや雑貨売りが人々の間を縫うように練り歩き、その場で食べ物を作って提供する露店などが出ている。

馬車や荷馬車も多く行き交う。馬車の中から眺めるよりも多くの光景が鮮明に映った。瞳をキラキラ輝かせるフォルティーナの様子にルートヴィヒも上機嫌だ。

「今日の記念に何か土産を買おうか」

などという提案をしてくるから困ってしまった。

「で、ですが。わたしはすでにルートヴィヒ殿下からたくさんのものをいただいています」

「遠慮しなくていい。俺がしたくてしているだけだ」

ルートヴィヒが、さあ、とフォルティーナの手を取った。少し躊躇ったあと、握られた手にきゅっと力を込めた。

大きくて少しかさついた指は、自分のものとはまるで違う。

でも、フォルティーナはこの手が優しくて温かなことを知っている。

土産を買うよりも、このままルートヴィヒと手を繋いでいたい。放してほしくない。

そう言ったら彼を困らせてしまうだろうか。


その日、フォルティーナは夢を見ていた。

不思議な夢だ。だって、これは夢なのだとしっかり認識できているのだから。

そのような中で、自分は何もない白い場所に一人佇んでいる。

ここはどこだろう。以前にも似たような場所を訪れたことがあるような。あれはいつのことだっただろう。などと考えるフォルティーナの金色の髪を風が揺らした。

思いのほか強い風で、思わず目をつむった。

――あなたも見つけたのね。……する人を――

風と一緒に誰かの声が聞こえた。

「あなた……誰？　今、なんて言ったの？」

何もない空間に向かって問いかけた。

そしてぐるりと視線を巡らせる。見える範囲に人の姿はない。

ぽつりと佇むのは、フォルティーナだけだ。

——約束は成就される。わたくしの…………の子——

もう一度声が聞こえたが、切れ切れであった。

多分、大事なことを伝えられたのだと思う。そんな気がした。

「ねえ、待って」

どこに向かえばいいのかも分からないのに、胸の奥から湧き上がる何かに突き動かされて歩き始め、徐々に速度を上げていく。

夢の中に果てはなく、同じ景色が広がるだけ。

再び風がざわりと駆けていった。

次の瞬間、フォルティーナは見慣れた天蓋を見つめていた。

「……夢？」

ぱちぱちと目を瞬き、焦点を合わせる。ここは寝室だ。

フォルティーナは平素よりも速く鼓動を刻む胸に手を置いた。

徐々に呼吸を落ち着かせ、ゆるりと起き上がる。清涼な朝の陽ざしがカーテンの隙間からこちらに射し込んでいた。

「あの人は一体……誰？」

ぽつりと呟いた。夢の中の声は母に似ていた。でも違う。誰かも分からないのに、心の深い場所から懐かしさがこみ上げてくるように思える。

思索に耽《ふけ》りたいが、そうは言ってもいられない。

なぜなら今日はレンフェルト公爵家の舞踏会に出席する日、つまり社交デビューである。たちどころに舞踏会への緊張感に襲われる。

「だ、大丈夫……。たくさん練習したのだもの。わたしはやれる。……多分」

フォルティーナは胸に手を当てて、落ち着けと念じたのだった。

天井から吊り下がる大きなシャンデリア。壁面を飾る大きな鏡たち。

惜しげもなく灯されたろうそくの炎がシャンデリアに取りつけられた数百ものクリスタルや鏡に反射し、舞踏室内を煌々と照らす。

楽団が今宵最初の曲を演奏し始めたのと同時に、フォルティーナはルートヴィヒと共に最初の一歩を踏み出した。

頭の中で、一、二、三、と数えつつ、次の動作を思い浮かべる。

その顔は真剣そのもの。辛うじて視線は目線の高さに保っているものの、その表情は優雅さとは程遠い。

広間では色とりどりのドレスに身を包んだ淑女たちがくるくると回っている。その光景は、ここが花畑なのではないかと錯覚させるほどだ。

フォルティーナも負けてはいない。

すみれ色の瞳と同系色のドレスは上等な絹製でとろける光沢を放ち、首回りや袖部分に繊細なレースが贅沢に縫いつけられ、さらにスカートには金と銀の糸で精緻《せいち》な刺繡が施されており華やかさを添えている。

絹の長手袋にエナメルの踵の高い靴。金の髪に小粒の真珠が合わさった飾りをつけたフォルティーナはどこから見ても完璧な淑女だ。

しかし、頭の中を占めるのは、ルートヴィヒとの最初のダンスを間違えることなく踊りきることばかり。

会場にいる全ての人間に見定められているように感じられ、華やかな舞踏会とドレスに心躍らせる余裕などない。

「フォルティーナ、ダンスは案外雰囲気で押しきれる」

そんな声と同時に体が持ち上がり、ふわりと舞った。

ルートヴィヒはそのまま優雅にフォルティーナをリードする。

周囲から、ほう……という、ため息のような、うっとりするような気配が伝わってきた。

「俺がついている限り、今日のフォルティーナは蝶のように軽やかに舞える。せっかくの舞踏会だ。楽しんでほしい」

「え……あ、はい……」

なんとも自信たっぷりな声に頷くしかない。

「だから俺に身を委ねて。俺の目を見て。そう、それでいい」

促されるまま指示に従うと、最初よりも踊りやすくなったことに思い至った。

おそらくフォルティーナは一人で力んでしまっていたのだろう。ダンスは二人でするものだと教師からも言われていたのに、頭から消し飛んでいた。

ルートヴィヒの目を見て、呼吸を感じ取れば、自然と彼のリードに身を任せられるようになっていた。

踊りやすい。教師とよりもずっと。そう思い至れば、口元に自然と笑みが浮かんでいた。それを正面で捉えたルートヴィヒの笑みが深くなった。

心に余裕が生まれたのもつかの間。その表情に惹きつけられ、ステップを忘れてしまう。すると、彼がぐっとフォルティーナを引き寄せた。

ざわりと周囲の声が大きくなったように感じられたが、気を回す余裕などなかった。だって、呼吸を分け合うように感じられるほど距離が近いのだ。

その瞬間、確かに世界が止まって見えた。

気付けば一曲目が終了しており、ルートヴィヒがフォルティーナの手を掬い上げその甲に口付けを落とした。胸がトクンと大きく脈打った。

「もう一曲、お相手を願っても？」

手の甲から唇を離し、こちらを見上げるルートヴィヒの視線に射止められる。

フォルティーナは「え、あ……よ、喜んで」としどろもどろで答えた。

平素とは違う空気を纏う彼は、知らない人のようにも感じられる。豪華な衣装と前髪を横に流した髪形にも理由があるのかもしれない。

二曲目が始まった。

はしばみ色の双眸に喜びが浮かんでいると感じるのはフォルティーナの思い違いだろうか。彼の胸元に挿してある小ぶりの薔薇に目がいく。同じものが自分の髪にも挿されている。出発前に迎えに来た彼に「身に着けてほしい」と渡されたのだ。

片方の手が離れて、再び戻って。ステップを踏むたびに、ドレスの裾がふわりと舞う。ルートヴィヒと視線を合わせたまま、胸の奥でいくつもの星が弾ける。

これまで感じたことのない高揚感に支配される。

きっとこれが楽しいという気持ち。あなたがわたしの世界を色づけてくれる。

このひと時が永遠に続けばいいのに。彼とならずっと踊っていられる。心の中にいくつもの思いが生まれた。

「次の曲も予約していいか？」

社交の場で同じ男性と続けて踊るのは、二人の仲が特別なものであると表しているも同義だ。

彼はこの場でフォルティーナをそのような相手だと印象付けたいのだろう。

「わたしは……構いませんが……」

「よかった。断られたらどうしようかと内心気が気ではなかった」

余裕たっぷりな表情で言われたため、彼流の冗談なのかな、と思うことにする。

やがて二曲目も終わり、音が鳴り止む。

広間の至る場所で、パートナーの入れ替えが行われている。

けれども、ルートヴィヒとフォルティーナは向かい合ったままだ。

少なくない視線が集まるのを感じる。

「やはり殿下はゲルンヴィッテ家の姫君を選ばれたのか」「続けて三回など、婚約を交わしたと言っているも同然ではないか」などと囁く声がフォルティーナのもとへ届いた。

間もなく次の曲が始まるというその時。

「恐れながらルートヴィヒ殿下にお時間を頂きたく、無礼を承知で申し上げます」

一人の男性が二人の前に現れた。連れの姿は見受けられない。

彼の言う通り、無礼な行動にルートヴィヒがひやりとした空気を纏うのが分かった。

「そなたは確か……カステル伯爵か」

発した声は平素よりも低かった。

「無礼だと承知で私に声をかけたのは何ゆえだ？」

「マイネッセン一帯の今後に関わる事柄にございます」

カステル伯爵と呼ばれた中年の男は、頭を低く下げながら言った。

「そなたの領地はギデノルトの東側、つまりは旧ゲルンヴィッテに近かったな」

「左様でございます」

彼は己の行動がルートヴィヒの気分を害していることなど百も承知なのだろう。硬い声には、揺るぎない意志というよりも、切迫感の方が強く感じられた。

少し離れた場所から第三者の声が聞こえてきた。

「カステル伯爵、このような無作法を許可した覚えはないぞ」

近付いてきたのは、カステル伯爵よりも年を重ねた男性だ。六十に届くかどうかというところだが、金の髪は色褪せているものの、姿勢は真っ直ぐで声には十分な張りがある。

「しかし、ルートヴィヒ殿下の今宵の行動は、いささか性急すぎると感じましたゆえ」

「それはそなたごときが判じることではない」

男性二人がにらみ合う。

これでは演奏を始めるどころではない。招待客は皆黙り込み、この場の成り行きを固唾をのんで見守っている。

「二人共、落ち着け」

結果としてルートヴィヒが仲裁に入る展開となった。

だが、年配の男性の方は怒りで顔を赤く染めたまま訴える。

「しかし殿下。今宵は王太子殿下がご来訪くださったというのに我が家の面目は丸つぶれでございます」

「レンフェルト公爵、よい舞踏会に招待してくれたこと、感謝している。フォルティーナ姫も楽しんでいる」

「今宵は招待してくださりありがとうございます。フォルティーナ・メル・ゲルンヴィッテでございます」

当初想定していた流れとは違うけれど、ルートヴィヒに視線で促されたフォルティーナは優雅に膝を折った。

挨拶をされた手前、レンフェルト公爵も同じものを返さねばならない。

彼はその身から漂わせていた激憤《げきふん》を収め、胸に手を当てた。

「お見苦しいところを見せてしまいました。ゲルンヴィッテ家の姫君におかれましては、ギデノルトで安寧の日々を過ごされることをお祈りしています。私も妻も力を貸しましょう。何かあれば、今後は気軽にご相談ください」

流れるような挨拶の途中、レンフェルト公爵は壁の近くに佇む茶色の髪の老齢の女性へ視線を向けた。彼の妻であろう。

「レンフェルト公爵、場所を変えよう」

「仰せのままに」

頷くレンフェルト公爵だが、カステル伯爵へ向ける視線は依然として厳しい。

公爵が指揮者に次の曲を始めろという合図を送った。

人々の目には未だ好奇心が宿っているが、フォルティーナたちのあとについていくわけにもいかない。

ようやく正常な空気に戻りつつあった。

「すまないな、フォルティーナ。カステル伯爵とはきっちり話をつけなければならない」

広間の中央から抜けようと歩き始めたフォルティーナにだけ聞こえるようにルートヴィ

ヒが囁いた。今しがたの件について、彼もまた腹に据えかねているのだ。

その時であった。

「フォルティーナ！　わたくしの可愛い妹！　会いたかったわ」

高い声が響いた。華やいでいて、自信に溢れている声は、フォルティーナがよく知る人物のもの。

いつの間にか、金の髪をゆるりとまとめ淡い赤色のドレスを纏った妙齢の女性が四人の前に躍り出ていた。

「お……お姉様……」

見間違えるはずもない。フォルティーナの実の姉、ハイディーンその人であった。

「あなたがマイスに捕らえられたと人から聞いた時は生きた心地がしなかったの！　こうしてギデノルトの地で再会できて嬉しいわ！」

少数の供と宮殿から脱出したと聞いていた。どこへ行ったのかも分からなかった。その生死すら不明であった。

その姉が目の前に佇んでいる。逃亡生活を感じさせない、以前と変わらぬ美貌のままで。

「フォルティーナったら。まるで幽霊にでも会ったかのような顔よ。まあ、無理もないわね。わたくしはマイスの追手から逃れるために、ずっと身を隠していたのだもの」

「お姉様……本当に……？」

それだけ言うのがやっとであった。

ハイディーンは潤んだ瞳で妹を見つめながら、足を一歩、二歩と前へ進めた。

「もちろんよ。ふふふ、再会できて嬉しいわ」

「わたしも、嬉しいです」

フォルティーナはゆっくりと頷いた。今となってはたった一人の肉親だ。

「ああ、フォルティーナ！」

目の前にやってきたハイディーンは両腕を伸ばし、フォルティーナを引き寄せた。抱擁《ほうよう》だった。こんな風に抱きしめられたのは生まれて初めてだ。

甘い花の香りに包まれる。

「あなたの役目は終わりよ。ルートヴィヒ様の婚約者は、わたくしこそ相応しいわ」

フォルティーナのみに届くようひそめられたその声を聞いた時、心臓がミシリと音を立てたような気がした。


ルートヴィヒは執務机で読み進めていた議案を置いて立ち上がり、続き間で仕事をするバルナーを呼びつけた。

「誰だ、こんな酷いものを俺のところに回したのは」

上がってきた議案を半分ほど読み、あまりの支離滅裂さにうんざりしたのである。

バルナーは受け取った書類に視線を落としたのち「我々から何度も指摘するよりも、一度王太子殿下からお叱りを受けた方が本人のためになるかと思いまして」と言った。悪びれた様子もない。

「人を便利に使うなよ……」

窓辺に立ち、青い空を見上げたルートヴィヒは舌打ちをしたい気分に駆られた。それをかろうじて堪え、侍従が運んできたコーヒーに口をつける。

「……ハイディーン姫の件は、あっという間に広まったな」

レンフェルト公爵家主催の舞踏会から二日が経過していた。

姉妹の感動の再会である。皆、語りたくもなるだろう。どの集まりでもこの話題一色なのだと耳に入ってきている。

「本来であれば本人か偽者かを確かめる必要があるが、あの場でフォルティーナ姫が姉姫だと認めてしまった」

「たった一人の肉親のお墨付きほど確実な身分保証はありませんしね」

行方不明者に成りすまし、本来であれば本人にのみ与えられるべき特権を偽者が享受する、などという詐欺事件は過去にいくつも存在する。

バルナーの言った通り、他人は騙せても家族を欺《あざむ》くことは難しい。それを理解しているからこそ、ハイディーンを保護したカステル伯爵は人の多く集まる場で姉妹の再会を演出した。

事前に打ち明ければ王家にハイディーンを取られるという危惧もあったのだろう。余計な揉めごとを作らぬために、ハイディーンを本物だと認めるなとフォルティーナへ圧力がかかることへの懸念もあったのかもしれない。

あの舞踏会は規模が大きく、招待状は王都に出てきている主だった貴族階級の家に届けられた。その中にはカステル伯爵家も含まれている。

パートナーを選ぶのは招待されたカステル伯爵で、招待側が事前に把握することは難しい。中には堂々と愛人を連れてくる者もいるが、そこは安易に触れぬことが礼儀である。もちろんそのような厚顔な者は、ほんの一握りであるが。

それはともかくとして、カステル伯爵のパートナーとして会場入りしたハイディーンのことはレンフェルト公爵ですら把握していなかった。

隣に佇む見知らぬ年若い娘の正体について、好奇心も露わに尋ねた参加者も中にはいたそうだが、カステル伯爵はもったいぶって「さる御方からお預かりした大切なお人です」「もう間もなく、お分かりになりましょう」などと宣っていたらしい。

「問題は、ハイディーン姫が現在レニエ公爵家に身を寄せていることだ」

「娘が政略の駒として使えなくなり、宮殿での発言力も弱くなりましたからね。現状打破を狙うためにハイディーン姫を使おうと目論んでいるのでしょう」

「姫にとっても伯爵家より公爵家の後ろ盾の方が心強いだろうしな」

頭の痛いことに、ハイディーンの背後にはレニエ公爵がついたのだ。

娘の件でひと悶着あったため、ルートヴィヒの前に登場するのは早いと踏んだのだろう。あの男はレンフェルト公爵家の舞踏会には出席していなかった。

「そりゃあ、カステル伯爵が必死になるはずだよな。俺にフォルティーナと三曲も踊られては困るだろうさ」

腹立たしいこと、この上ない。ルートヴィヒはあの場でフォルティーナこそが王太子妃の本命であると印象付けるつもりだったのだから。

三曲踊ったのちレンフェルト公爵夫妻と挨拶を交わし、フォルティーナの後ろ盾に彼らがついたことを知らしめる。そうなれば少なくとも表立って彼女を侮る者はいなくなる。

婚約発表への布石であった。

それなのに亡きゲルンヴィッテ王のもう一人の娘の登場という大きな報せに、全部を持っていかれてしまった。

「レンフェルト公爵は未だご立腹なのだとか」

「ああ。カステル伯爵は今後出禁だそうだ」

舞踏会を引っ掻き回してくれたのだから、遺恨《いこん》はのちのちまで引き継がれるだろう。頭の痛いことである。

瞑目《めいもく》していると、扉を叩く音が響いた。バルナーが取り次ぐ。

「国王陛下がお呼びだそうです」

用件の予想はつく。今まさにこの時間、ハイディーンはギデノルト国王夫妻と謁見している。フォルティーナも少しの間、同席すると聞いていた。

レンフェルト公爵家の舞踏会に現れた娘が正真正銘ゲルンヴィッテ家の長女ハイディーンであることをフォルティーナが王の前で証言する。本人確認が行われたという事実を公式記録として残すのだ。

ルートヴィヒは父王のもとへ向かった。

その姿を認めた騎士と侍従が王に取り次ぎ、伝言を持って帰ってきた。

ハイディーンに庭園を案内してやれとのことだ。

フォルティーナにそれなりの待遇を与えているため、ハイディーンにも配慮をというギデノルト王の気遣いであろう。

侍従へ了承の意を伝えてしばしののちに、ハイディーンが現れた。

「ここからは私が姫君の案内役を務めます」

「まあ、ルートヴィヒ殿下自らお越しくださるだなんて。とても嬉しいですわ」

背筋をぴんと伸ばしたハイディーンが艶やかに微笑んだ。

礼儀として差し出した腕に、彼女は当然のように手のひらを乗せた。

庭園に出た途端、ハイディーンが話しかけてきた。

「カステル伯爵のことをあまり責めないでくださいね。彼は、早くフォルティーナに会いたいというわたくしの願いを叶えようと必死だったの」

どこまで本心を語っているのか、今の時点では定かではないため微笑むに留めておく。

「レンフェルト公爵は大層立腹していたでしょう。わたくし、お手紙を書きましたの。わたくしに免じてカステル伯爵を許してくださいなって」

彼女は頬に手を当て、憂い顔でため息を吐く。これを間近で見た男たちは機嫌を取るために必死になるのだろう。そう思わせる仕草であった。

「あまり大事にはしたくない。私からもそう伝えるつもりだ」

「ありがとうございます。カステル伯爵にも世話になりましたもの。レニエ公爵を紹介してくれたのも彼ですのよ」

それは先日の舞踏会の折、フォルティーナとハイディーンの再会劇のあと、場所を移した小サロンにて聞いた話であった。

戦況の劣勢を受け、彼女は父から逃げろと命じられたらしい。彼女は家臣と共に宮殿を脱出し、ギデノルトとの国境沿いへ逃げた。

終戦後、身を潜めながら時勢を見極めるハイディーンは妹の処遇を知ることとなった。妹に会いたいと考えたハイディーンは旧ゲルンヴィッテのマイネッセン一帯、つまりはギデノルト寄りの土地に領地を持つ領主との会見を望んだ。

領主はハイディーンの顔を知っており、力になりたいとカステル伯爵へ連絡を取った。

いくら信用のおける相手からの紹介とはいえ、カステル伯爵だとてハイディーンと名乗る娘をガルレ宮殿の国王のもとへいきなり連れていくわけにはいかない。

万が一偽者であった場合、一緒に咎を受ける可能性がある。その前に一度フォルティーナに会わせたい。その方法を模索しているさなかに、噂を聞きつけたレニエ公爵が後ろ盾になると買って出た。というものであった。

「陛下とはどのような話を？」

「正式にギデノルトへ亡命したいと話しましたわ。マイスには絶対に渡りません。そのことを強く言いましたの」

その声からは確固たる意志とマイスへの拒否反応が窺えた。

だが、すぐに彼女はか細い声を出す。

「ルートヴィヒ殿下、わたくしを守ってくださいますか？」

「ギデノルトは人道支援を惜しみません。陛下が知恵を出してくださいましょう」

「近々、マイス人が宮殿を訪れるのだと聞いていますわ。その際、わたくしとフォルティーナは一度使者たちと相対する必要があるのだとか。ルートヴィヒ殿下も同席してくださいますわよね？」

「マイスとの交渉は私が任されています。使者たちと相対する場には、元々同席するつもりでした」

個人的に守ってくれと言わんばかりのハイディーンに、ルートヴィヒは国として対応するという姿勢を崩さずにいた。

「フォルティーナとも会えるかしら。積もる話もありますもの。二人きりでゆっくり話がしたいですわ」

「彼女の予定を聞いておきましょう」

レニエ公爵の後ろ盾を得ているハイディーンは何を吹き込まれているか分かったものではない。この先相対する場面は生じるだろうが、喫緊で二人きりという状況は避けたい。

「まあ、あの子ったらそんなにも忙しいのですか？　今、宮殿に住んでいるのだと聞きましたわ。何か、特別な役割があったりするのかしら」

「妹の話し相手を務めてもらっているのですよ。フォルティーナ姫は古語に精通していて、妹と話が合うようで」

「それは……妹姫はお堅い趣味をお持ちですのね」

「仲良くやっていて、兄として微笑ましく見守っていますよ」

まだ十二歳のマチルダは年の割に大人びており（生意気ともいうが）フォルティーナと案外話が合うらしい。

最近仲がよすぎやしないかと思うくらいには、頻繁に互いの部屋を行き来している。

「わたくしもギデノルトの王家の皆さんと仲良くなれるよう、積極的に交流を行いたいですわ」


レニエ公爵から命じられているのか、はたまた本人のやる気なのか、その後もあの手この手でルートヴィヒの興味を引き出そうとするハイディーンへの対応に苦労したのだった。

リューデル郊外の離宮は市内よりも高い土地に建てられているため見晴らしがよい。

王都を出ると民家の数が途端に少なくなり、畑や林、牧草に覆われた丘など、長閑な景色が広がった。

この離宮も森と野原に囲まれており、大きさは現在の住まいであるガルレ宮殿の別館よりも少し小さいくらい。数代前の王が妃のために造らせたのだそうだ。

郊外への遠出は、気分転換にどうかとルートヴィヒが計画を立ててくれた。

日々の勉強に姉との再会と、考え込む時間が増えたフォルティーナを心配したのかもしれない。

馬車から降りたフォルティーナの金の髪を風が掬い上げる。

暑すぎるでもなく、かといって風が冷たいということもない、気持ちのいい気候だ。

「わたしも一緒でよろしかったのですか。お兄様」

馬車から降りたマチルダが尋ねた。王家の愛犬アーディも一緒だ。

アーディは目の前に広がる草原に興奮しているのか、駆け出してしまった。ということは、紐を握る世話係も付き合うことになる。

「もちろん。今日の俺はおまえとフォルティーナの遊びの付き添いだ」

「ああ、そういうことですか」

マチルダが冷めた声を出した。

「フォルティーナ、今日はのんびり過ごしてほしい」

「はい」

丸一日授業も社交もない日は久しぶりだった。

フォルティーナはすうっと息を吸い込んだ。晴れやかな気分だ。なるほど、休息は心と体に必要なのだと実感する。

学ぶこと自体は嫌いではない。知識を得ることは、この世界で生きていく知恵をつけるも同義だ。

聖ハイスマール帝国が瓦解したあとの歴史や現在の情勢、その外側の諸外国の動向など、たくさんのことを学んだ。そうするうちに、いつまでも旧帝国の再興にこだわっていては、変わりゆく世界情勢に置いていかれるのではないかと考えるようになった。

支配領域が大きくなればなるほど、そのかじ取りは繊細かつ困難を極めるのではないか。であれば、今のようにいくつかの国に分かれてそれぞれの道を歩んだ方が、その地に住まう人々のためになるのではないか。

そのように思考する中で、自分にできることはなんだろうと自問するようになった。

この身に流れる血はマイスとギデノルトの王家にとって、それなりに価値がある。

ギデノルトはマイスへの牽制のためにゲルンヴィッテ家の血を取り込みたいのだと思う。

ゲルンヴィッテ家の生き残りとしてギデノルト王家の一員になれば、発言権を得ることができる。もしも旧ゲルンヴィッテの民たちにマイスが無体を強いることがあれば、是正してほしいと声明を出すことができるし、救援活動を行うこともできるだろう。

（けれど、ゲルンヴィッテ家の娘はお姉様も該当する……。わたしでなくてもいい）

フォルティーナの胸に影が差す。

今まではフォルティーナしかいなかった。姉は行方不明だったからだ。

しかし、彼女は生き延びており、ギデノルトへの亡命を表明した。

ギデノルト王としてはフォルティーナとハイディーン、どちらの娘がルートヴィヒの妃になっても構わないのだ。

――あなたの役目は終わりよ。ルートヴィヒ様の婚約者は、わたくしこそ相応しいわ――

舞踏会で言われた台詞が蘇る。

ハイディーンに言われるまでもない。

彼女はフォルティーナとは違い、王の娘として必要な教育を幼少時から受けてきている。

ルートヴィヒは「あなたが劣っているというのは、先のゲルンヴィッテ王があなたを縛りつけておくためだけに言っていたにすぎない」と言ってくれるけれど、学ぶことがたくさんあるということは、それだけ足りないものがあるのと同じだ。

二人の妃候補が立てば、ギデノルト国内にいらぬ争いを生むことにも繋がる。

現にフォルティーナにはレンフェルト公爵家、ハイディーンにはレニエ公爵家がついた。

娘が犯した罪により、レニエ公爵は表向き自主的に謹慎をしているが、ハイディーンを擁《よう》立《りつ》したのだから水面下では色々と動いていたのだろう。

ワンワンワン――

物思いから解き放たれる。

少し離れた位置では、ルートヴィヒがアーディの遊びに付き合ってやっていた。投げたボールをアーディが空中で口に咥《くわ》えるのだ。これを初めて見た時、とっても驚いた。あんなこと自分には絶対にできないだろうから。

ルートヴィヒも休暇が嬉しいのかもしれない。いつも以上に潑溂とした笑顔だ。

いつまでも眺めていられるなあと思いながら見つめていると、彼がこちらを向いた。

手を振られて、ちょっぴりドキドキしながら同じように返してみた。こういう何気ない仕草を自分が誰かに返しているというのがくすぐったい。

その下では、もっと遊べとばかりにアーディがじゃれついている。

「アーディが一番懐くのはお兄様なのよね。解せないわ。わたしの方が散歩に多く付き合ってあげているのに」

いつの間にか近付いてきていたマチルダは不満そうに唇を尖らせている。

「じゃあわたしと近くを歩かない？」

「そうね。お兄様は置いていってしまいましょう」

機嫌を直したマチルダに手を引かれる。どちらからともなく目を合わせ、くすくす笑い合っていると背後から「俺を置いていくな」とルートヴィヒが加わった。

「お兄様にはアーディがいるじゃない」

マチルダがフォルティーナを連れて駆け出せば、すぐに追いついたルートヴィヒによって反対側の手を繋がれた。両手が塞がる。三人横並びになった。

いつの間にか先ほどまでの悩みがどこかへ行っていた。

「ふふっ……」と笑みを零せば、両隣の兄妹も同じように口元を綻ばせた。

二人が側にいてくれて嬉しい。それから今の時間を楽しいとも思う。

今日に限らず彼らはフォルティーナとできるだけ接点を持とうとしてくれる。一人にしないように配慮してくれるのだ。

「お腹が空きましたね」

「天気がいいから、テラスに席を用意するよう言いつけてある」

「今日の昼食は何でしょう。楽しみです」

これまで食事など単なる作業だとしか感じなかったのに、親しい人と同じ食卓を囲めば、胸の中が温かくなることを知った。他愛もない話をしながら食べる料理はいつも以上に美味しく感じることも知った。

ゲルンヴィッテで父と食事をとっていた頃は機嫌を損ねないように常に気を張っていた。相手を思いやり、気を遣うのは大切なことだ。けれど、それが一方通行になれば、心が萎縮してしまう。

それではだめなのだ。フォルティーナは今のように互いを思いやる関係を大事にしていきたい。

昼食を終えた三人は川遊びをすることにした。ルートヴィヒの提案である。

この辺りは流れが穏やかなため、ボート遊びができるらしい。

生まれて初めて見る小さな船に恐る恐る乗った。途中で壊れてしまわないかひやひやしていたのだが、流れる水が物珍しくて気付けば熱心に見下ろしていた。

ルートヴィヒが心配そうに「あまり身を乗り出すと落ちるぞ」と言う一幕があった。

ボート遊びのあとは、野花の群生地へ案内してくれた。フォルティーナの瞳よりも薄い紫色の花だ。小さな花びらが多数集まり丸い形をしている。

「そういえば、初恋の女の子に花冠を作って贈ったことがありますよ」

「ふうん。おまえは昔も今と変わらないんだな」

散策の途中、ルートヴィヒがザシャへ冷ややかな視線を向ける。

「ルートヴィヒ様も作られてはいかがですか？」

「俺はいい」

「不格好なものを作ってしまえばフォルティーナ姫に笑われてしまいますからね」

「手先は器用な方だ。分かった。作り方を教えろ。おまえよりもきれいに作ってやる」

結果ザシャに乗せられる形で一同花冠作りに励むことになった。

花を摘みながらマチルダがこっそり言う。

「お兄様って案外子供っぽいところがおありなのね」

「ザシャ様やバルナー様とお話しする時はいつもああいう風よ」

出会った頃からあんな感じだったため、フォルティーナにしてみれば日常だ。三人は公と私を使い分けるのが上手なのだ。

花冠作りに必要な分だけ摘み終わった三人はザシャの指導のもとそれらを編んでいく。

今回はフォルティーナを含めた三人共が初体験だ。

複数の花をまとめつつ、新しい茎を挿していく動作は慣れるまでに時間を要した。

「最初だからこんなものよね」

「わたしよりも上手にできているわ」

「そう？　フォルティーナとわたし、どっちも似たようなものよ」

マチルダは流れで花冠作りに付き合ったようで、できあがったものをアーディの頭に被せた。アーディがぶるぶると首を振る。

「ちょっと、アーディ。わたしが作ったのに、なんてことを」

彼女の苦情の声が聞こえてきた。

「フォルティーナ、俺からの贈りものだ」

「え？」

目を瞬かせている間にルートヴィヒが完成した花冠をフォルティーナの頭上に載せた。

「よく似合っている。花冠はほんの少し不格好だが……。次はもっとうまく作ろう」

はしばみ色の双眸が優しい色に染まる。

胸の奥がきゅっと音を立てた。最近こんなことばかりだ。彼の些細な動作に体が勝手に反応してしまう。

「フォルティーナが作ったそれが欲しい」

「で、でも……。初めてで、不格好で」

「それを言うなら俺のだって同じだ。初めて同士、お揃いだ」

戸惑うフォルティーナにルートヴィヒが期待する眼差しを寄越す。

これは、彼の頭に花冠を載せる流れであろうか。

王太子殿下相手にそのような行為が許されるのか。などと思考がぐるぐると回る。

辺りを見渡すも、いつの間にかマチルダとアーディの姿は消えていた。護衛たちの姿も。

おそらく木陰から任務を遂行しているのだろう。

目に見える範囲に誰もいないのなら彼の頭上に花冠を載せても大丈夫かもしれない。

さあ早くと急かすようにルートヴィヒはなおも見つめてくる。

フォルティーナは膝を立て、彼の頭に花冠を載せた。

その時、彼の黒髪に指先が掠った。初めて触れるそれは想像以上に柔らかくて、たちどころに頬に熱が集まった。

「似合っているか?」

「……わ、分かりません」

どうしてか、彼を直視できなくて下を向いてしまう。

その拍子に花冠が頭上から滑り落ちた。

拾い上げようとしたらルートヴィヒに先を越された。

もう一度、彼が載せてくれる。彼は名残惜しそうにフォルティーナの金の髪を一房掬い上げた。指先でくるくると弄ぶ。何かが伝って体がぴりぴりと痺れるようだ。心に同じことをされているようにも感じたから。

何が言いたいのかも分からないのに、唇がはくはくと動いた。

ただ、胸の中に溜まった熱い塊をどうにかしたかった。

でないとわたし――。

「フォルティーナ」

甘やかな声が耳朶をくすぐる。

ルートヴィヒの手が髪から頬へ。そして唇へと滑っていく。触れていった箇所が疼いた。

もっと。もっと触れてほしい。離れていった箇所が寂しい。

この気持ちが何なのかも分からないのに、フォルティーナの胸の奥で芽を出したそれは、性急に大きくなり蕾《つぼみ》をつけた。

ルートヴィヒの顔が近付いてくる。

この間と同じ。まるで呼吸を与え合うような近さだ。

次の瞬間、温かなものが唇を覆っていた。

彼と唇を合わせたのだと数拍後に知る。

もっと。もっと欲しい。口付けにどのような意味があるのかも分からないまま、フォルティーナは希《こいねが》う。触れて。まだ足りない。あなたを感じたい。

もう一度、唇が重なった。

ただ唇同士を合わせるだけの行為なのに、どうしてこんなにも幸せで満ち足りるのだろう。

伝わってくる熱がそれ以上の意味を持っているように思えた。

彼を感じたい。その一心で瞳を閉ざす。

頭上から花冠が落ちてしまったことにも気付けないでいた。

風が、木々が、二人を見守る。

この時、確かに世界は凪いでいて、フォルティーナはルートヴィヒに無防備にその身を預けていた。

この時間が永遠に続けばいいのに――。

自然と願いが湧き起こった。

「フォルティーナ……」

少しだけ唇を離した位置で囁かれる。低く優しい声に体が甘やかに痺れた。

「俺の妃になってくれ」

言葉の意味を理解するのと同時に体が硬直した。

耳のすぐ後ろで姉の声が蘇った気がした。

眠りについたフォルティーナは草原に佇んでいた。

今日、ルートヴィヒに連れていってもらった景色と似ていた。

ただ、ぼんやりとこれは夢なのだと認識する。

──あなたも見つけたのね。……する人を──

この間も聞いた声。どうやらあの夢の続きらしい。

白い場所から草原へ。足元では見覚えのある薄紫色の花が揺れている。

それを見つけた途端に胸の奥がツンと痛くなった。

──古の約束を……果たす……もしも……あなたが……──

「なあに？」

すぐ耳元で誰かが話しているようにも思えるのに、肝心な部分が聞こえない。

聞き返しても、繰り返される言葉は、やはり半分以上風に埋もれて聞き取ることができない。

ざあっと風が立つ。

金の髪が引っ張られる。思わず目をつむった。

次の瞬間、フォルティーナはいつもの天蓋を見つめていた。

朝だ。

胸が重たい。まるで大きな石が落ちてきたかのようだ。理由は分かっている。ルートヴィヒから妃にと請われたからだ。

どうして彼はフォルティーナを選んだのだろう。分からなかった。

（お姉様を差し置いてわたしがルートヴィヒ殿下の妃になってしまっていいの？）

二人のうち、どちらがルートヴィヒの妃に相応しいのかと問われれば、間違いなくハイディーンであると考えてしまうのだ。

彼女が国王と謁見を果たしたあと、フォルティーナは庭園を並んで歩く二人の様子を偶然目撃した。

ハイディーンはルートヴィヒからエスコートされるのが当然だと言わんばかりに胸を張り、堂々とした足さばきで歩いていた。

その姿が視界に入った途端に、フォルティーナは強い劣等感に苛まれた。自分にないものを持つ姉のことが羨ましくなった。そんな風に思ってしまう自分のことが嫌だと思った。

ルートヴィヒは王太子だ。社交とはそれ自体が仕事のようなもので、公の場では高貴な身分の女性を案内する役割を担うこともある。

先日のあれは国王からハイディーンの案内役を命じられたのだと彼は言っていた。

最近、フォルティーナは自分自身の心が分からない。翻弄されることが増えた。心に鍵をかける必要がなくなったため、さまざまな気持ちが表に出てくるようになったのだと思う。きっといい傾向なのだ。でもこれまで縁がなかったせいで扱い方が分からない。

のろのろと支度をしたフォルティーナは階下へ向かった。

朝食会場にルートヴィヒは姿を見せなかった。

彼に会えない寂しさに襲われた反面、安堵した。

昨日、ルートヴィヒは「すぐにとは言わない。フォルティーナなりに考えてほしい」と言った。その後彼はザシャや他の騎士と軽口を叩いたり、じゃれつくアーディの相手をしたりと平素通りの振る舞いに戻った。

今日は平常通り授業が行われたのに、ルートヴィヒのことばかり頭に思い浮かべていた。一生懸命追い払おうとするも、ふとした瞬間に彼が心を侵食する。

昼食の際も、休憩の際も、無意識のうちに唇を指で辿っていた。

彼が触れていった場所。彼の唇が合わさった場所。まだ彼がここにいるようだった。

こんな風に誰か一人のことばかり考えてしまうのは生まれて初めてだ。

会いたい。会いたくない。声が聞きたい。今すぐ逃げ出したい。

二つの相反する気持ちが陣取り合戦を行う。

何をするにもぼんやりで、布に針を刺すつもりがぐさりと指に突き刺した。

白い布に赤い血液の染みができてしまった。ルートヴィヒに贈るつもりだったのに。

残念な気持ちでいたところに来客を告げられた。

ルートヴィヒ本人のお出ましである。

「フォルティーナ」と、こちらを呼ぶ声は普段通りだ。

けれども、その中には昨日まで感じられなかった熱のようなものが交じっていた。

それがどういう類のものかも分からないのに、全身から力が抜けていくような気がする。

ルートヴィヒはフォルティーナの隣に着席した。距離が近い。これまでの彼だったら対面に座っていたはずだ。

きっと彼の中で何かが変わったのだ。

「フォルティーナ――」

はにかむような、少し照れているような顔で彼は名前を呼んだ。

「昨日の今日で性急だと思うだろうが……返事を聞かせてくれないか」

すぐ近くに彼の瞳があった。昨日唇を合わせた時と同じ距離感だ。引き寄せられそうになったけれど、すぐに我に返る。彼はフォルティーナの答えを聞きたがっている。

胸の奥が苦しくなった。言いたくない。でも、きちんと伝えなければいけない。

「わたしは……」

フォルティーナは震えそうになるのを必死に抑え、唇を動かした。

「……ハイディーンお姉様の行方が分かった今、ルートヴィヒ殿下の妃には……お姉様の方が相応しいと……思うのです」

感情を押し殺し、努めて静かな声を出した。

これが、正しい答えだと思ったから。

「……どうして」

ルートヴィヒが茫然自失とでもいうような、掠れた声を出した。

「わたしよりも……ハイディーンお姉様の方が社交の場でどう振る舞うべきか……理解しています。きっと、さまざまな場所でルートヴィヒ殿下をお助けできると思うのです」

「あなただって今、学んでいる。俺やバルナーの教えをぐんぐん吸収して、たくさんの知識を蓄えている。俺たちが質問をすれば、時間はかかっても自分の考えを口にできるようになってきているじゃないか」

フォルティーナは首を激しく振った。

そういうことではないのだ。姉を押しのけてまでルートヴィヒの妃に収まる自分の姿がどうしても見えないのだ。

ルートヴィヒがフォルティーナを引き寄せ、その背に腕を回す。

「俺はフォルティーナがいいんだ。フォルティーナに隣にいてほしい」

絞り出すような声が降り注ぐ。その必死さがフォルティーナの胸を突き刺した。

このまま彼に身を委ねてしまいたい。この温かさを失いたくない。自分のものにできたらどれほど素晴らしいだろう。

でも、理性がそれを押しとどめる。

フォルティーナは彼の胸をぐっと押した。

「あなたは……王太子なのです。感情を優先させてはいけません」

震えそうになる頬を叱咤し、口角を持ち上げようと努力する。

ちゃんと笑えているだろうか。

ううん、しっかりした笑顔で彼を見送らなければいけない。

「ハイディーン姫に何か……言われたのか？」

それでも彼はフォルティーナの味方であろうとするかのように言葉を紡ぐ。

一瞬瞼を震わせたフォルティーナは、すぐにゆるりと首を振った。

「いいえ」

姉の言葉は関係ない。ちゃんと、自分で導き出したのだ。

ルートヴィヒは唇を嚙みしめた。一度顔を下へ向け、再度それを持ち上げたルートヴィヒの瞳の中には理性的な光が戻っていた。

「……フォルティーナの気持ちは分かった」

「ありがとうございます」

「ただし、俺の妃の件はギデノルトの今後に関わる。マイスとの交渉が終わったのちに、改めて父上を交えて話し合わせてくれ」

彼はそう言って立ち上がった。

第4章

マイスから訪れる使者の一行を受け入れるべく、ガルレ宮殿の人々は日々忙しく立ち回るようになった。

フォルティーナも立場上マイス人使者たちの前に姿を見せる必要があり、その準備に忙しくしていた。

ルートヴィヒが別館を訪れる機会はめっきり減った。

今回のマイスとの交渉はルートヴィヒに任されているからだ。あちらの代表者はアルヌーフだと聞いている。

ルートヴィヒの妃にはなれないと辞退しておいて、姿が見えなくなると心にぽかりと穴が空いたようになる。おかしなものだと自嘲した。

ままならない心を抱えつつ日々過ごしていると、あっという間にマイス人使者たちが到着する日となった。

彼らはリューデル市内に立つメディレ宮という名の小宮殿に滞在することになっている。

現在住人はおらず、外交に活用しているのだそうだ。

到着した日は代表者同士の挨拶のみで、本格的な話し合いは翌日以降だと聞いていた。

フォルティーナとハイディーンは翌日にアルヌーフとの面会の予定があった。

次の日、フォルティーナは女官が見立てた濃い青色のドレスに袖を通した。鎖骨まで詰まっている飾りの少ない意匠だ。

しかし地味にならないよう、ゆるく編み後ろへ流した髪に水色の輝石があしらわれた飾りをつけてくれた。真珠のピンもところどころに挿してある。

迎えに来た官僚の後ろを歩き宮殿内へ入り、数ある応接室の一室へ入った。

外国から訪れる客人との会談に使用される頻度が高いというだけあり、室内を飾るのは格調ある調度品ばかりだ。

室内にはルートヴィヒらギデノルト人の姿もある。

相対するマイス人使者たちの中央に立つ金茶色の髪の青年には見覚えがあった。アルヌーフその人である。

挨拶から始まり、長旅を労う口上へと移っていく。フォルティーナとハイディーンもそれぞれ簡単な文言を口にした。

それらがひと通り済めば、アルヌーフが近くに座る配下の者に小声で何かを言った。男が頷く。それを受けたアルヌーフが口を開く。

「この者は、もとはゲルンヴィッテの宮殿に仕えていた者だ。今、目の前に着席するご婦人は、先のゲルンヴィッテ王の第一王女ハイディーンで間違いないと。そう認めた」

「この男の顔でしたら見覚えがありますわ。そう、今はマイス人に仕えているの。お父様を裏切って」

ハイディーンは微笑みを保ちながらも冷ややかな声を出した。

声をかけられた男の代わりにアルヌーフが再度口を開く。

「この男をあまり責めないでくれ。我々はゲルンヴィッテの者たちに圧政を強いるつもりはないし、土地を破壊するつもりもない。彼らにも生きる手段が必要だろう。元より我々は同じ言語を話し、百二十年前に同じ帝国に生きた者を先祖とする。つまりは同胞《どうほう》だ」

「……」

「逃げ出した者たちもいるが、マイスへ恭順の意を示した諸侯や騎士たちには、そのまま土地の管理を任せている。その方が混乱は少ないし、民たちの反発心も抑えられる」

「ですが、マイスはわたくしの妹をさっさと絞首台へ送りましたでしょう。そのことを忘れてはいません。わたくしはギデノルトへ亡命します。あなた方と道を同じくする日は未来永劫ないでしょう」

その声は、これが本心なのだと同席する者たちに知らしめるような強いものだった。

ぴんと張り詰めた空気の中でアルヌーフがすっと立ち上がる。

そしてフォルティーナの前へとやってきた。

緊迫感を漂わせるギデノルト陣営には目もくれずに、彼はフォルティーナの前で膝をついた。

「ゲルンヴィッテとの終戦の折、私は部下の言い分のみを信用し、あやうくあなたの命を消すところでした。反省しております」

こちらをじっと見上げる灰緑色の瞳を凝視する。言葉通りに受け取っていいのか、他に何か意図があるのか。対人経験の浅いフォルティーナには判断ができない。

かといって誰かに助けを求めるわけにもいかない。そうなれば、目の前の男性に侮られることになる。それは避けるべきだ。

「わたしの命を救ってくれたのは、ギデノルトのルートヴィヒ殿下です。……殿下には感謝しております」

フォルティーナは事実だけを述べるに留めた。

「ギデノルトとしては、ハイディーン姫の希望に添えるよう力を貸したいと考えている。この数か月落ち着かない生活をしていたのだ。これ以上居場所を転々とするのは、若いご婦人には酷であろう」

ルートヴィヒが口を挟んだ。

アルヌーフは立ち上がったのち、異論はないと示すためか小さく肩をすくめた。

そしてスタスタと着席していた椅子まで戻り、腰を下ろす。

「本物のハイディーン姫に名乗り出ていただけたことは僥倖《ぎょうこう》だと考えている。こちらの方にも自称元王女を名乗るご婦人の情報が複数寄せられて、中には図々しくも財産分与を要求する輩までいてね。対応に人手が割かれていた」

「まあ、わたくしの名前を騙《かた》るだなんて身の程知らずもいいところですわ」

「それらしい娘を仕立て上げれば金を巻き上げられると踏んだのだろう」

憤慨《ふんがい》するハイディーンにアルヌーフが呆れる顔を返した。

「先の件の反省の印といってはなんだが、フォルティーナ姫には贈りものを用意した。今夜の舞踏会には参加するのだろう？　身に着けて私と一曲踊ってくれないか」

「あ……の……」

「私の真心を示したいのだ」

さらに言い募られ、フォルティーナは小さく頷いた。

おそらく、ここはマイスを、アルヌーフを立てた方がいいのだろう。謝罪の意味を込めて彼は「反省」という言葉を使っているのだろうから。

ルートヴィヒも口を挟んでこないところを見ると、頑なに拒否するのは今後のためにならないと考えているからかもしれない。

「それでは……一曲だけ」

贈りものについては今の時点では回答を避けた。


面会が終わり、フォルティーナとハイディーンは部屋を辞した。自分たちの問題はそう時間を割くものではなく、これからが本番である。

「今日はこれから舞踏会の準備があるから難しいでしょうけれど、あなたとも一度ゆっくり話がしたいわ」

隣を歩くハイディーンが話しかけてきた。

再会して以降、姉と会話をするのは今日が初めてだ。

「わたくしは宮殿から脱出したから、最後の様子はあまり詳しく知らないの。保護してくれたマイネッセンの者たちは、戦へ兵の提供はしたけれど従順とは言えなかったわ」

最後まで父の側にいたのはフォルティーナだ。あの時、砦で起こったことを伝える義務はあるだろう。

「分かりました」

「せっかくだからガルレ宮殿の、あなたの住んでいる別館も見てみたいわ」

「フリンツァーと相談してみます」

「よろしくね」

ハイディーンはにこりと笑った。

姉と別れたフォルティーナは今晩の歓迎舞踏会に向けて準備をするべく別館へ帰った。

今日は後ろ盾になってくれたレンフェルト公爵夫妻と一緒に入場することになっている。

そのため一度リューデル市内の公爵邸へ赴き、あちらで着替えて宮殿入りする必要がある。

フォルティーナの帰宅を知らされたフリンツァーが「お届け物が届いております」と言い、応接間へと案内してくれた。

マイス人より預かったという品がテーブルの上に置かれている。

天鵞絨張りの箱を持ち上げて中を検《あらた》めて絶句する。サファイアを惜しげもなく使った首飾りと耳飾り。それから腕輪と髪飾り。全て同じ意匠だ。

「見事なパリュールでございますね」

「これは……」

あまりの眩しさにぽかりと開いた口からそれ以上の言葉が出てこない。

世事に疎いフォルティーナでもこのパリュールが途方もない金額であることとくらい容易に想像がつく。これを贈る意図は何だろう。本当に反省の意味だけなのだろうか。うすら寒いものを感じる。

「先ほどアルヌーフ殿下より……今晩の歓迎舞踏会では、これを身に着けて踊ってほしいと言われたのです……」

呆然と呟くフォルティーナにフリンツァーが控えめに口を開く。

「男性から宝飾品を贈るのは、好意の表れでもあります。特にこのようなパリュールとあれば、人々はフォルティーナ様がアルヌーフ殿下と何かしら将来の約束を交わしたのではないかと、そう推測する可能性がございます」

「将来の約束……」

「一般論を申し上げますと、ご婚約でしょうか」

「！」

「言葉にしなくても、そうと見せるやり方はいくらでもございます」

「ありがとう、フリンツァー」

あの時ダンスの約束だけで留めておいた自分を褒めてやりたいと思った。

それからフォルティーナはフリンツァーに先ほどのアルヌーフとのやり取りをできるかぎり詳しく話した。

ルートヴィヒとバルナーは今もアルヌーフにかかりきりになっている。近くにいる人間の意見を聞き、自分で判断しなければならない。

「反省という言葉をお使いになったのであれば、今晩の舞踏会にフォルティーナ様が何も身に着けておられなければ、向こうとしても面子を潰されたと考えるやもしれません。一つ使用するのであれば、この髪飾りでしょうか。女官を呼んでまいりましょう」

数分後、言いつけられた従僕が女官を伴って戻ってきた。

フリンツァーの説明を聞いた女官が髪飾りを見下ろし「この品に合うものを見立てましょう」と頷いた。

本日身に着ける宝飾品はレンフェルト公爵家から借り受けることになっている。これまではギデノルト王妃が貸してくれていたのだが、ハイディーンが現れたため公平を期さなければならない。

ひとまず本日の方針が決まったため、髪飾りも支度品に含めフォルティーナはレンフェルト公爵邸へと向かった。

公爵邸ではレンフェルト夫人が待ち構えており、フォルティーナの手を引き自ら部屋へ案内してくれた。

「わたくしには息子しかいませんでしょう。さらに孫も男ばかりという男系ですの。人からは羨ましがられますけど、まあ、つまらない！　わたくしだって娘や孫娘と一緒にお買い物をしたかったですし、舞踏会の衣装で悩みたかったですわ」

それはまごうことなき本心であるのか、レンフェルト夫人は自身の準備もそっちのけでフォルティーナを構いたがった。

「わたくしはもういい年ですからね。若いご婦人たちと張り合う必要もありませんもの」

なんと夫人自らフォルティーナの金の髪に櫛を入れるという厚遇であった。

鏡越しに出会うレンフェルト夫人の瞳は柔らかだ。それに既視感を覚えた。子供の頃、同じように金色の髪を梳いてくれた人がいた。

（お母様の手と同じ……）

与えられる優しさが母と重なり、鼻の奥がツンとした。どうして忘れてしまっていたのだろう。フォルティーナは母との時間が大好きだったのだ。

身支度の間のほんのひと時、フォルティーナは在りし日の思い出に浸った。

アルヌーフを招いた晩餐会は協議に関係ある者たちのみで行われるため、そのあと予定されている舞踏会から訪れる招待客が大半だ。

フォルティーナはレンフェルト公爵夫妻と一緒に馬車に乗り、ガルレ宮殿へ赴いた。

同じく公爵位を持つレニエ家を後ろ盾とするハイディーンとは入場の時間が近くなる。

人々の視線は自然と二人の元王女へ集まる。

レンフェルト公爵とレニエ公爵、どちらが推す姫につくか見定める意味合いもあった。貴族たちはより益になる方へ味方をする。

少なくとも両公爵は表立って対立する意思はないのだと周囲へ示すためか、どちらからともなく近付き、形式通りの挨拶を交わす。

レニエ公爵は娘の犯した罪により謹慎していたのだが、禊《みそぎ》は済んだのだと言わんばかりの堂々とした態度で他の貴族たちと談笑する。

フォルティーナの現在の身分は非常に曖昧《あいまい》だ。血筋のよさは誇れても、権力も財産もない。そのような娘など恐るるに足らず、と彼の態度は示していた。

舞踏会の始まりまであと僅かという頃、ハイディーンがすっと近付いてきた。

「あの男といい諸侯といい……ゲルンヴィッテの男たちは情けないわね」

「お姉様……」

彼女は扇で口元を隠しつつ、隣で続ける。

「昼間の件、あの男を見てあなたは何も思わないわけ？」

「そ、それは――」

アルヌーフが言った通り、生きるために仕える相手を替えたのだ。父王に殉死《じゅんし》しろなど、言えるはずもない。

言いよどむフォルティーナにハイディーンがさらに低い声を出す。

「あなたって昔から何にも関心を示さないわよね。お父様の愛情を独り占めしていたくせに、そのことを喜びもしないで。それが当然って風に過ごして」

ハイディーンはフォルティーナを閉じ込める目的で父が駆使していた言葉を、そのままの意味に捉えていた。彼女には女神の祝福について何の知識も与えられていなかったのだから仕方がないのかもしれない。

（お父様はわたしを思いのままに操《あやつ》りたかっただけ。優しさや愛情なんてなかった）

そんな風に考えられるようになったのは、ギデノルトで人々の優しさに多く触れたからだ。ようやくあの頃の生活を客観的に振り返ることができるようになった。

ずっと、父こそが世界の全てだと思い込んできた。

否、そう教えられ続けてきた。洗脳にも等しい教育。その呪縛から解き放ってくれたのは、ルートヴィヒだった。

「お父様は、わたしを愛していたのではありません」

「なあに、謙遜《けんそん》？　そういうの腹が立つからやめて」

「そういうわけでは――」

姉の剣呑な様子にたじろいだその時、ファンファーレが鳴った。

王族と主賓の登場だ。

国王の挨拶と主賓アルヌーフの紹介。舞踏会は何の滞りもなく進んでいく。

初めのダンスは円舞だ。一節ごとにダンスの相手が替わっていくもので、身分によっていくつかの輪に分かれる。

フォルティーナの前に立つのはレンフェルト公爵だ。夫人はのちほど踊るそうで、パートナー役を譲ってくれた。ハイディーンも同じであった。

指揮者が腕を上げる。

振り下ろされた瞬間、一斉に楽器の弦が引かれた。

教えられた順番に。目線は保って。そう頭の中で繰り返しつつ必死にステップを踏む。

曲が進むにつれてルートヴィヒとの距離が近付いてくる。

彼とはあれ以来、二人きりで話す機会がなかった。忙しいのも本当なのだろうが、きっとフォルティーナを慮《おもんぱか》って距離を置いているのだと思う。

妃になる意思がないと示したのにフォルティーナに構い続けるのはよくないと考えているのだろう。

彼を拒絶したのはフォルティーナなのに、三人、二人と彼との距離が近付くにつれ期待と緊張で心臓の鼓動が速くなっていく。

今、彼の前にいるのはハイディーンだ。

ルートヴィヒは微笑を湛え、ハイディーンの手を取っている。

まるで絵画に描かれてもおかしくないほどの完璧な貴公子と貴婦人といった風情だ。

近くで踊る他の招待客らの中には、二人へちらちら視線をやり感嘆するように息を吐く者もいる。

（ルートヴィヒ殿下の妃に相応しいのはお姉様の方。わたしはそう弁《わきま》えているのに……。どうしてこんな風に胸がズキズキするの？）

理性を押しのけて心が叫ぶ。苦しい。寂しい。あんな風に微笑み合う二人を見たくないと。

ルートヴィヒと踊るまで、あと一人。

正面に立つ紳士に申し訳なさを感じつつも、フォルティーナは斜め向かい側に立つルートヴィヒへ何度も視線を向けてしまう。

「久しぶり、フォルティーナ姫」

彼との番が巡ってきた。たったそれだけで胸の中にじわじわと喜びが広がっていった。

手と手が合わさる。たった途端に声をかけられた。

「お……久しぶりです、ルートヴィヒ殿下」

「フリンツァーから伝言をもらった」

ルートヴィヒの声は至極真面目だ。眼差しの中に懸念の色が見てとれた。彼は僅かにフォルティーナへ体を傾け囁く。

「アルヌーフ王子が何を考えているのか……現時点では定かではない。完全に二人きりになる事態は避けてくれ」

「はい」

頷くとルートヴィヒが微笑んだ。少しだけ王太子の仮面が外れて、素の笑みに近いと感じるのはフォルティーナの思い込みだろうか。それとも願望か。

でも、彼の顔を目に焼きつけたい。

口元を綻ばせながらルートヴィヒを見つめるフォルティーナは、傍から見れば今まさに花開いたばかりの初々しい淑女だった。

気付かぬのは本人のみ。すみれ色の瞳は一心にルートヴィヒを捉え続ける。

一節が過ぎ去るのはあっという間だった。

そのあと幾人かとのダンスを経たのちに、アルヌーフが目の前へとやってきた。

「ごきげんよう、フォルティーナ姫」

「ごきげんよう、アルヌーフ殿下。先ほどは美しい髪飾りを贈ってくださりありがとうございました」

フォルティーナは気持ち大きな声を出した。彼から贈られたものは髪飾りであったと印象付けるために。

「首と耳に着けた飾りはわたしの後見を引き受けてくれたレンフェルト公爵家に代々伝わるものです。お二人には本当の娘のようによくしていただいています」

「そうですか」

「はい。ギデノルトでの居場所ができつつあり、心強く感じています」

話の運び方は会場入りする前にレンフェルト公爵夫妻と話し合って決めた。早口にならないように、けれど相手に話す隙を与えないように矢継ぎ早に。今のところうまくいっている。もう少しで次の紳士にダンスの相手が替わる。

「円舞は会話には向きませんね。またのちほど、改めて」

アルヌーフは口の端を持ち上げた。

彼の手が離れたその瞬間、どっと疲れて足がもつれかけてしまった。

まだ曲は中盤である。気を引き締めなければ。フォルティーナは気合を入れ直してその後のダンスに向き合った。

円舞が終わり二曲目が始まった。

この曲からは同じ相手と初めから終わりまで踊り続ける。

アルヌーフの相手をするのはギデノルト王妃だ。

ルートヴィヒはといえば、ギデノルト王の末の妹をパートナーに指名した。

彼女は国内の大公家に嫁いでおり、三年前に夫を病で亡くして以降は、まだ幼い息子を育てつつ大公代理を務めている。未亡人という立場からルートヴィヒの相手役をしばしば任されているとのこと。

これらのことを小さな声で教えてくれたのはレンフェルト夫人である。

招待客たちはこの曲でルートヴィヒがハイディーンとフォルティーナのどちらを誘うのか、見守っていたようだ。

だが、彼がいつもの通り叔母を連れて大広間中央へと進み出たため、肩透かしを食ったような表情を浮かべていた。

フォルティーナは引き続きレンフェルト公爵をパートナーに位置取りをする。

近くにはハイディーンもレニエ公爵を相手に佇んでいる。彼には成人した息子がいるのだが、ハイディーンの相手はさせないらしい。

皆の意識がそちらへいくのを避けているのであろう。

レンフェルト公爵は老齢に差しかかっているが、体幹がしっかりしていることもあってか、フォルティーナの危なっかしいダンスをしっかりと受け止めてくれる。

「この年で娘ができたような……いやそれはおこがましいな。孫娘とダンスができる幸せを与えてくれたこと感謝しますぞ」

「わたしの方こそ、今日はたくさん親切にしてくださってありがとうございます」

「妻も喜んでいた。これからも気兼ねなく頼ってきなさい。力になろう」

温かな声と表情には偽りがないと十分に察せられた。ルートヴィヒへの貸しを抜きにしてもフォルティーナへの情があるのだと感じられた。

穏やかなダンスに、肩から力が抜けたのも束の間。

三曲目を控え、アルヌーフがフォルティーナの前に立った。

「姫君、お相手を」

作法に則りアルヌーフが手を差し出す。

「謹んでお受けします」

フォルティーナは差し出された手のひらに、自分のそれを置いた。

視界の端に、ルートヴィヒがハイディーンに同じことをしているのが映った。

フォルティーナがアルヌーフと踊るのだから、ハイディーンにルートヴィヒがダンスを申し込むのは礼儀といえる。社交なのだから仕方がない。そう自身の心に言い聞かせる。

(今は目の前のダンスに集中しないと。わたしのダンスはお世辞にも上手とは言えない……いえ、まだまだ全然……むしろ相手のリードのおかげ……)

考えるにつれて、心がずーんと沈んだが、アルヌーフに恥をかかせるわけにはいかない。

今の精一杯を出しきろうと、新たな旋律に合わせて足を一歩踏み出す。

「フォルティーナ姫、私の妃にならないか？」

何の前置きもない台詞にステップを忘れてしまう。

アルヌーフがリードをしてくれたおかげで、なんとか体裁《ていさい》を取り繕うことができた。

目を丸くしたまま、フォルティーナはアルヌーフに導かれて足を動かす。

「姫のために宮殿の中でも特に居心地のいい部屋を用意してやろう。ドレスも宝石もたっぷり買い与えてやる。姫が私を愛すれば、最高の暮らしを与えてやる」

「え……あ、あの――」

すらすら告げられる台詞を前に返す言葉が見つからない。

「だから私を愛せ」

フォルティーナのすみれ色の瞳を、彼の灰緑色のそれが射すくめる。

瞳に映る目の前の男は、微笑を浮かべていた。

「ど、どうして……」

「理由など必要か？　私はフォルティーナ姫に惚れた。それだけのことだ」

アルヌーフの笑みが深くなる。惚れるとは、恋をしたと同義であろう。一体いつの間に？　彼と過ごした時間はあまりにも短い。否、ほとんどない。

疑念の色が表情に出たのだろう。彼がさらに口を開く。

「一目惚れというやつだ。ギデノルトに到着して再会した姫は、とても洗練されていた。その姿に惚れたのだ」

洗練されたのはギデノルトの女官や侍女たちのおかげだ。それから社交の教師が、これからは人に見られることを意識した所作を心がけてくださいと、ゲルンヴィッテで受けた教育を発展させてくれたのも大きい。

恋とはつまるところどういう感情なのだろう。彼の言う通り、会ってすぐに生まれるものなのだろうか。形のないものの概念を理解するのはまだ難しい。

でも、アルヌーフが言う「惚れた」という言葉をフォルティーナはどこか空々しく感じるのだ。

ただ口にしているだけ。そこには「惚れた」という心が乗っていない。

そう思うのは、こちらを見下ろす彼の灰緑色の瞳の中に、ルートヴィヒやマチルダ、レンフェルト公爵、フリンツァーなど、この国で出会った人々がフォルティーナに向ける親しみがこれっぽっちも浮かんでいないのだと感じてしまうから。

「国を失くした女が、一国の王太子の妃になれるのだ。これ以上ない誉《ほまれ》であろう」

「わたしは――」

その先の言葉を持っていなかった。

喉がひりつく。呼吸すら難しく感じる。

いつの間にか一曲が終わっていた。

慌ててアルヌーフから一歩下がろうとしたのに、逃がさないとでもいうように手を握られる。振りほどこうとしたが、力が強くてまるで歯が立たない。

力では敵わないのだと示されているようでもあって、足からぞわりと恐怖が這い上がる。

「アルヌーフ殿下。次の曲が始まりますよ」

「ルートヴィヒ殿下、私は今、フォルティーナ姫に大事な話をしているのだ」

「ここが親善の場であることをお忘れか」

割って入ったルートヴィヒへ、アルヌーフは面白いことを思いついたとばかりに唇を笑みの形に歪めた。

「私は、フォルティーナ姫を妃にするために、今、この場で姫君へ求婚しよう」

高らかな宣言は、しんと静まり返った大広間によく響いた。

誰もが皆、驚いていた。

こんなの、あまりに非常識だ。今は歓迎舞踏会の真っ最中なのだ。それもまだ始まったばかりだというのに。

皆の目がフォルティーナへ向けられているのが分かった。

これは罠だ。

アルヌーフは大勢の前で宣言すればフォルティーナが頷くと考え、このやり方を採用したに違いない。

事実、フォルティーナは一心に注がれる視線から逃れたくて仕方がない。

呼吸が浅くなる。心臓が嫌な音を立てている。まるで悲鳴を上げているようだ。

体から血の気が引いて寒いと感じたばかりなのに、今度はたちどころに全身が熱くなり、大粒の汗が額から噴き出してくる。

頭がぐらぐらする。体の変化についていけない。目の前が白くなった。気持ち悪い。

今は立っていることすら困難で、体から力が抜けた。

「フォルティーナ！」

血の気が引いて意識が朦朧《もうろう》とするフォルティーナを受け止めてくれたのが、ルートヴィヒであったのかどうかすら分からなかった。

極度の緊張による貧血だろうというのが、医者の見立てであった。

少し仮眠をしたのがよかったのか、目覚めた今、気分はすっきりしていた。

フォルティーナは手渡された白湯《さゆ》を口に含んだ。

まだ舞踏会は続いているのだそうだ。

あれから一時間と少し、経過していた。

ここは、ガルレ宮殿本館で、舞踏会用に調えてあった客室だという。舞踏会では毎回必ず気分が悪くなる者が出るそうで、そのための部屋なのだそうだ。

フォルティーナが倒れたという報せはただちに別館へ伝えられ、馴染みの侍女が駆けつけてくれた。彼女の顔を見てホッとした。

「今日はこちらでお休みになった方がいいでしょう」

気遣う声にこくりと頷いた。

白湯を飲みきって人心地ついた頃、取次の者が現れた。

ハイディーンが見舞いに訪れているのだという。

大勢の前で倒れたのだから、彼女が気にするのは当然だと考えた。

寝台から出たフォルティーナは簡単に身づくろいしたのち、控えの間へ移動した。

「もう大丈夫なの？」

「少し眠って、すっきりしました」

尋ねてきたハイディーンに頷いた。

彼女は一人で訪れたようだ。

フォルティーナにつく侍女にハイディーンが退出を命じた。

命じられた侍女はフォルティーナへ窺うような視線を向けた。

「少しの間、二人きりに」と言えば、侍女は部屋から出ていった。

それを見届けたのち、ハイディーンが口を開く。

「あなた、アルヌーフの求婚を受けるの？」

誰だって気になるだろう。あんなものを見せられれば。

「わたしは――」

「やめておきなさい。マイスはお父様を殺した国よ」

返事をする前にハイディーンが冷たく言った。

「あんな国、滅んでしまえばいいのに」

さらに彼女は、その瞳の中に明らかな厭悪《えんお》を浮かべる。

「お姉様……」

「大広間の件で分かったでしょう。あなたにルートヴィヒ殿下の妃は務まらない」

はっきり言われたフォルティーナは、膝の辺りの生地をぎゅうと握りしめる。自分の至らなさを痛感する。正面に座る姉であれば、機転を利かせて乗りきることができたはず。

フォルティーナは倒れることしかできなかった。

「ギデノルト王がゲルンヴィッテ家直系の娘を欲しいというのなら、わたくしの方が適任よ」

「……」

「お父様が生きていた頃は、ギデノルトなんていずれ消えてしまうと思ってルートヴィヒ殿下のことなんか興味もなかったけれど、彼見た目もいいし、わたくしにぴったりだわ」

ハイディーンは軽やかな声で言葉を紡いでいく。

「それにこの国なら、あのマイスをやっつけてくれるわ。そうすればゲルンヴィッテだった土地もギデノルトの一部になる。わたくしはお父様の望みを叶えて差し上げられる」

一体、この人は何を言っているのだろう。

フォルティーナは高揚感に包まれた姉を呆然と見つめた。

「……望み？」

「聖ハイスマール帝国の復活よ」

ハイディーンはそれが当然であるかのようにさらりと言った。

「お父様が亡くなってしまった今、その遺志を継げるのはわたくしだけだもの。お父様の御心も少しは慰められると思うの」

姉の紡ぎ出す言葉の数々を信じられない思いで聞いていた。

父のために。彼女はそのためだけにギデノルトにマイスへ侵攻しろと迫るつもりなのだ。

「だめです、お姉様」

気付けばフォルティーナはそう口走っていた。

「なあに？」

「ルートヴィヒ殿下は、戦いを望んでおられません」

ハイディーンの美しく整った眉がぴくりと持ち上がった。

「フォルティーナ、あなたまさか、このわたくしに意見しようというの？」

「ギデノルトは現状に満足しておいでです。わたしたちの血が欲しいのは、あくまでも選択肢の一つを次代へ授けるため。現段階での積極的な交戦など、王も王太子も望んでいません」

「マイネッセン一帯を取り込もうとしているくせに？」

「それは……。彼らの要望を受け止めているだけです」

「物は言いようだわ。あいつらもあいつらよ。お父様に味方をしなかったくせに！」

目の前に座るハイディーンの気が高ぶっていくのが分かった。

それはどこか父を思い起こさせた。

自分の思い通りにならないと、すぐに声が大きくなるのだ。そして相手を意のままにしようと威圧的な態度をとる。

「フォルティーナのくせに生意気よ！　王家の恥のくせに！　この国で少しばかりちやほやされて調子に乗ってしまったのかしら」

「わたしは……お姉様よりも至らない点が多々あるのでしょう。けれど……優しくしてくれた国だからこそ、争いの火種を起こそうとしている者を見過ごすわけにはいきません」

ここは譲れない。姉が父のことを大切に思っているように、フォルティーナにも大切なものがある。

この国で暮らし始めて、生まれて初めてできた。

大切な人たちが。失いたくない人たちが。

だから、いつまでも姉の言葉に、父の影に萎縮しているわけにはいかない。

大丈夫。わたしはもう、昔のままではない。

立ち上がって自分の意思で動ける人間なのだから。

不思議と落ち着いていた。ただ、告げるだけ。自分の気持ちを。

「わたしは、お姉様にルートヴィヒ殿下の妃の座は渡しません」

姉を見据えるフォルティーナの瞳の中には静かな決意が宿っていた。


「昨晩はアルヌーフ殿下がいらぬことをしでかしてくれたおかげで、今朝から私のもとにも問い合わせの手紙がたくさん届けられましたよ」

ルートヴィヒの横でバルナーがため息を吐いた。

昼食後の小休憩での一幕である。協議の他に通常の公務もあるため、アルヌーフが到着して以降は過密日程で動いている。

必然的に王太子の側近や近衛騎士たちも多忙となる。

「俺には直接尋ねられない分、まずは王太子の側近のバルナー・マンフェル卿に事の真相を聞いてみようという心理なのだろう。苦労をかけるな」

「昨晩の帰りの馬車では私の婚約者までもが身を乗り出して、姫君はどちらの男性の手を取るつもりなのだと質問してくるのですから参りました」

「へえ……。おまえの婚約者は静かな性格だったはずだけれど。やはり歌劇の一幕のような求婚劇を前にすると好奇心を覗かせるんだな」

嘆くバルナーにザシャが相槌を打つ。

昨晩のあれは、第三者からすればこの上なく面白い見世物であったに違いない。

ルートヴィヒと婚約寸前かと囁かれていたフォルティーナにマイスの王太子が公の場ではっきりと求婚したのだから。

「我が婚約者ながら困ったものです」

バルナーのため息が深くなった。

「ルートヴィヒ様も割って入るべきでしたよ。彼女は渡さない！　って」

「面白がるんじゃない、ザシャ」

すかさず口を挟む彼にバルナーが苦言を呈する。

「姫には申し訳ないが、お倒れになったことで一度うやむやになったのはよかったですよ。彼女に時間的猶予ができました」

ザシャの言い分にルートヴィヒも同感だと頷く。

「計算してできるものではないからな」

「むしろ計算でやれば白々しく映ります」

ザシャは辛辣《しんらつ》であった。何か過去でもあるのだろうか。

「陛下はいかようにお考えで？」

「フォルティーナ姫を取られようと、こちらには亡命の意志が固いハイディーン姫がいる。一人姫を手放したところで変わらないと考えておいでのようだ」

バルナーの質問に、ルートヴィヒは複雑な心境で返事をした。

そう、頭の中では分かっている。ギデノルトとしては、どちらの姫でも構わないのだ。

ルートヴィヒはギデノルト王の嫡男として生まれた。幼い頃から将来は父の跡を継ぎ、王になるのだと教えられてきた。ギデノルト王国のために存在し、国のために働く。それが己の役割で、実際その通りに生きてきた。

(妃選びだって同じだ。ゲルンヴィッテ王の血が欲しければハイディーン姫で構わない。それに、フォルティーナ姫にはとっくに振られているんだ)

レニエ公爵が後ろ盾についていることが懸念材料だが、婚姻したのち徐々に距離を取らせればいい。養子縁組でもされると厄介なため、さっさとハイディーンを取り囲むために動き出すべきだ。

頭では理解している。

けれども、心の奥の、一人の男としてのルートヴィヒが叫ぶ。彼女が欲しいのだと。フォルティーナを諦めたくないのだと。

他の誰にも彼女を取られたくない。彼女が笑うのは己の隣がいい。これから先、彼女を守っていくのは己でありたい。

そう心が訴える。

最初は単なる同情だった。国と父親をいっぺんに失った彼女への。

その後は彼女の生の希薄さを危ぶんだ。目を離せばこの世からいなくなってしまうのではないか。

愛だの恋だのではない、ただの庇護欲でしかなかったはずだ。

それが彼女と距離を縮めるごとに少しずつ変化していった。

小さな世界しか知らなかった彼女はギデノルトで大きな世界に触れた。

生きることに前向きになった彼女は、これまで与えられなかったものを取り戻すかのようにさまざまな知識を吸収していく。

真面目に誠実に、彼女は自身の生と向き合うようになった。

そのようなフォルティーナを間近で見つめることに喜びを見出すようになったのは、いつのことだったか。

見るもの触れるものへの驚き、喜び。瞳がきらきらと輝くその横顔をずっと眺めていたい。すみれ色の瞳の中に己が映っていることに心が歓喜した。

この先もずっと彼女の視界に入っていたい。

己だけを見てほしい。

彼女だから側にいてほしい。

フォルティーナに己を選んでほしい。

ゲルンヴィッテ家の血が入れば、のちのち役に立つかもしれない。そんな気持ちはどこかへ飛んでしまっていた。

あるのはただ一つ、彼女を好きだという至極単純な気持ちだった。

異性として、一人の女性として、フォルティーナを見ている。愛している。

己と同じ大きさではなくとも、彼女も同じ熱を胸に抱いてくれている。

そう感じたルートヴィヒは、あの日王都の郊外へ出かけた昼下がり、フォルティーナに触れたのだ。

あの時の彼女はルートヴィヒに身も心も預けてくれていた。

彼女を宝箱の中に大切にしまって、誰にも見せたくないと思った。

この気持ちをこれ以上押し留めておくのは無理だ。そう思い、求婚した。

そして――。

「往生際が悪いな。俺は――」

未だ胸の中にはフォルティーナへの恋情がくすぶっていた。

太陽が西へ傾く夕食前、フォルティーナのもとをルートヴィヒが訪れた。

姉にルートヴィヒの妃の座は渡さないと宣言した時の勢いはどこへやら。本人を前にすると、気恥ずかしくて目を合わせられない。

多分昨晩、ルートヴィヒにあの求婚劇を見られたのも原因だと思う。

「急に訪れてすまないな。アルヌーフ王子から求婚の返事を急かされているんだ。昨日の今日だというのに、彼は待つことが苦手らしい」

ルートヴィヒは以前と変わらぬ調子でフォルティーナへ話しかけてきた。

しかしそこには少し前まで感じていた親しみはなく、紳士と淑女の形式ばった距離を意図して取られているように感じられた。

彼なりのけじめなのだろう。心の距離が空いてしまったのだと突きつけられ、胸が寂《せき》寥《りょう》感で染まっていく。

(ううん。寂しがってはだめ。ルートヴィヒ殿下なりの配慮なのだから。まずは、目の前のやるべきことをする。それからもう一度、殿下と話をする)

心を落ち着かせたフォルティーナはルートヴィヒをしっかり見つめ、口を開く。

「いいえ。今日一日、ゆっくり考えることができました。わたしの言葉でアルヌーフ殿下にお伝えします」

「二人きりがいいと主張されたが、フォルティーナ姫の名誉のためにもそれはできないと突っぱねた。日暮れ間近で申し訳ないが、庭園に場を設けた」

二人の話し声が届かないギリギリの場所に騎士たちを配置するそうだ。見通しがよい場所であれば無体な真似もできないであろうとのことだ。

「いつもわたしを守ってくださりありがとうございます」

「いや。たとえ二人きりでなくても、一度恐怖を抱いた相手の前に出たくないという者もいる。勇気を出してくれてありがとう。感謝する」

ルートヴィヒが微笑んだ。

普段通りに話せていることに安堵する。

「いいえ。本来であれば昨晩返事をしなければならなかったのですから」

フォルティーナはゆるりと首を振った。

幸いにも少し前にマチルダと会っていて、その時のままのドレス姿だ。侍女が素早く髪形を整えてくれ、飾りをつけてくれた。

支度を終えたフォルティーナはルートヴィヒと共に庭園を歩いた。

やがて一人の青年を視界に捉える。

アルヌーフだ。

動揺はなかった。答えは決まっている。だから揺るがない。

場所は煉瓦が敷き詰められた広いメイン通路だ。通路の左右には木が植えられているものの、背丈は低いため視界を遮らない。

騎士たちは自分たちから十五歩くらい離れた場所で佇む。ルートヴィヒの姿もあった。

そのことに少しだけ勇気づけられる。

「待っていたぞ、フォルティーナ姫」

「ごきげんよう、アルヌーフ殿下。昨晩のお返事をお伝えしに参りました。わたしは、あなた様の妃にはなりません」

フォルティーナは挨拶ののち簡潔に言った。

「なっ――」

アルヌーフは大きく口を開け、何か言おうとしたものの、我に返ったのか、息を吸い込むに留めた。

「私を愛するだけでいい。簡単なことだ」

「どうしてアルヌーフ殿下は、わたしに……あなた様を愛せとおっしゃるのでしょうか」

フォルティーナは疑問を口にした。単純にゲルンヴィッテ家直系の娘を手に入れたいのなら、「妃になれ」でいいはずだ。なのに彼はずっと「私を愛せ」と言う。

この違いは何だろう。違和感を覚えた途端に、底知れぬ何かが背中を撫でたのだ。

「疑問に思う必要などない。あなたは私を愛するだけでいい。そうすれば贅沢をさせてやると言っているんだ。悪い条件ではないだろう？」

堂々巡りだ。彼はフォルティーナの意思など気にしていない。もののように見ているだけだ。でなければあのような言い方などしない。

「わたしは殿下の求婚をお断りしました。考えは変わりません」

「私と共に来ないのであれば、旧ゲルンヴィッテに重税を課すと言っても？　もしくは一人ずつ首を刎《は》ねてやろうか」

「なっ……んてことを……」

明白な脅しに血の気が引いた。

世の中には自分の要求を通すために、平気で他人の命を奪える人間がいるのだ。

彼はやると言えばやる。そう思えた。

どうして彼は執拗《しつよう》にフォルティーナの愛を求めるのだろう。

この国にはハイディーンがいる。彼女はギデノルトから離れない。ギデノルト王は、ゲルンヴィッテ家の直系の血を手に入れたままなのだ。

条件を同じにしたいというのなら話は分かる。

しかし、アルヌーフの主張は一貫してフォルティーナの心を求めている。

けれども、それが脅しによって生まれる気持ちでないことだけは確かだ。

目の前のアルヌーフの態度がフォルティーナのよく知る人物に重なる。

「あなたは……お父様とそっくり……。あの御方も、わたしを縛りつけた。大切だと言いながら、お父様はわたしのことを単なる道具としてしか見ていなかった……。あなたも同じ。わたしのことなど、どうでもいいと感じていらっしゃる」

「同じで悪いか。おまえはゲルンヴィッテで、父王を一番に考えてきたのだろう？　それと同じだ。俺のことだけを考えろ。それが愛だ」

「お父様はわたしを社会から隔離して、閉じ込めて。お父様を一番に考えるように教えました。一種の洗脳も同じだった……。でも、もう同じことにはならない。わたしは、たくさんの人と出会いました。大切な人が、たくさんできました。この気持ちを失くせと命令されても、わたしの中から皆を大切に思う気持ちはなくならない」

心の内を晒し出せば、アルヌーフが酷く顔を歪めた。

「ちっ。この国の人間に情を移しやがって！」

こちらを見つめる瞳の中に宿るのは、苛烈な炎にも似た嚇怒《かくど》。そして怨色《えんしょく》。

「おまえはあの男に女神の祝福を与えるつもりなんだろう！」

「あなた――」

……どうしてそれを。声なき声が届いたのだろうか。

「ゲルンヴィッテ王は、面白い手札を持っていたのだな。あいつの部屋を漁らせてもらった。なるほど、旧聖ハイスマール帝国を再興するのなら、おまえの力は役に立つだろうよ」

「あれはおとぎ話です。わたしは……結局お父様を救えなかった。祝福は発現しなかった」

フォルティーナは即座に彼の言葉を否定した。

もう、おとぎ話に振り回されたくなかった。自分には特別な力などないのだ。

強い思いを瞳に込めた。

二人は無言で見つめ合う。

ザッと石畳を踏む足音が届いた。

ルートヴィヒがこちらへ歩いてきていた。

「返事を聞くにしては長い時間がかかっているようだが」

硬い声は、アルヌーフがフォルティーナを不当に足止めしているのではないかと疑っていた。

確かにこの話の着地点が見つけ出せなくて途方に暮れかけてもいた。

「話は終了しました。わたしはアルヌーフ殿下に求婚への辞退をお伝えしました」

改めてはっきり言えば、ルートヴィヒが「そうか」と頷いた。

一瞬、彼と視線が絡み合う。

その瞳の中に、どこか安堵が見てとれたのはフォルティーナの気のせいだろうか。

二人のその様子を間近で見据えていたアルヌーフがギリッと唇を噛んだ。

「フォルティーナ姫を籠絡《ろうらく》して、私を出し抜いたつもりか？」

「何のことだ？」

突然矛先を向けられたルートヴィヒが怪訝そうに眉根を寄せる。

アルヌーフはそれには取り合わずに「まあ、いい」とだけ言い、宮殿の方向へ歩き去った。

マイスとの開戦当初、ハイディーンはゲルンヴィッテの圧勝で戦が締めくくられるものだと楽観視していた。父王の快進撃は続く。そう信じていた。

異変は小さなことだった。一人の侍女が暇《いとま》を願い出たのだ。特に気にすることなく了承し、餞別《せんべつ》にと、小ぶりの輝石がついた耳飾りを渡してやった。

間を置かずにもう一人。さらに一人と続いた。少し気にはなったが、縁談でもまとまったのだろうと考えた。

しかし、侍女たちの内緒話を偶然聞いてしまった。

大事な砦を奪われたらしい。戦の前線が徐々に王都へ近付きつつある。両親から職を辞するよう急かされた。宮殿では緘口令が敷かれているため王女様の耳には入らない。

ハイディーンは即座に彼女たちの内緒話に割って入り「そのようなでたらめを言いふらすだなんて厳罰に処してやるわ！」と叫んだ。

信じられなかった。きっと彼女たちの親は父王の施策に反対する者たちなのだ。そう思い、父王から宮殿の留守を預かる大臣に報告した。

すぐに父王が吉報をもたらしてくれるはずだと信じていたのに、出陣した父からは何の報せもない。それどころか日に日に宮殿内の空気が重苦しいものへと変わっていった。

さらにはマイス軍がいよいよ王都近くまで迫っているのだと家臣から聞かされた。

「お父様は何と仰せなの？」

「離れに住まうフォルティーナ王女だけは逃がさぬように、と」

その答えにハイディーンはぎゅっとこぶしを握り締めた。

「わたくしは？　わたくしのことは、お父様は何と仰せなの？」

苛立ちを抑えて再び尋ねたハイディーンに、頭《こうべ》を垂れたままの家臣は「ハイディーン王女への言及はありませんでした」と言った。

どうしていつもフォルティーナなの！　胸の奥に怒りと嫉妬の炎が生まれた。

父はフォルティーナのことばかりだ。自分は気にかけてもらえなかった。

勉強を頑張っても、楽器が弾けるようになっても、教師にダンスを褒められても、いつもいつも「そうか」としか言ってもらえなかった。ただ相槌を打つだけ。そこには何の感情も乗っていない。

その分母がたくさん褒めてくれたけれど、それでは意味がない。

母はルーシュテット侯爵家の娘ということになっているけれど本当は辺境出身だった。養女となりギデノルト王へ嫁いだ母のことを生粋の貴族たちは裏で見下していた。

だからこそ、父に認めてもらう必要があるのだ。

「陛下はハイディーン殿下に逃げていただきたく、あえて言及されなかったのです」

「……慰めはやめて」

家臣ごときに慰められたくなかった。

結局父は最後までフォルティーナのことしか愛していない。

家臣はハイディーンに逃亡を勧めた。

ゲルンヴィッテの敗戦は目に見えている。マイスに宮殿を掌握されたらどうなるかと考えた。無事で済むはずがない。想像に恐怖したハイディーンは逃げるという選択をした。

逃亡生活を経たことで、ハイディーンは一定水準以下の生活は自分には合わないということを痛感させられた。

父と国を同時に失ったハイディーンは、財産などないも同然であった。宮殿に残してきた冠や錫杖《しゃくじょう》を含めた宝物はマイスに接収されたと聞いている。脱出の際持ち出したものなど微々たるもの。王女時代の生活を維持するまでには至らない。後ろ盾、もしくは新しい身分が必要である。

今、ハイディーンが持っているものはといえばゲルンヴィッテ家の直系という、この身に流れる血の高貴さだけ。

己の血筋にはまだ価値がある。聖ハイスマール帝国時代からの名門なのだから。

「ハイディーン様、少々よろしいですかな」

物思いに耽っていたハイディーンは、意識を声の主へと向けた。

いつの間にか部屋の扉が開いていた。

取次の侍女の後ろから顔を覗かせているのは、現在の後見人レニエ公爵である。

夕食の時間にはまだ早い。それ以前に、この男がわざわざ呼びに来ることなどあり得ないけれど。

「まあ、何かしら」

「明日の演奏会のことで話があるのです」

「そういえばそんなこともあったわね」

声に嫌悪感が交じるのは仕方がない。父王を討ったマイスの王太子など本来であれば視界にすら入れたくない。

しかしここはギデノルトで、現在王家は旧ゲルンヴィッテの一地域であったマイネッセンの取り扱いについてマイスと協議中なのだ。

協議の行方はともかくとして、客人である以上、アルヌーフをもてなす必要がある。ルートヴィヒとアルヌーフが演奏会へ行くのであれば、そこは重要な社交の場となる。貴族たちは顔と縁を繋ぐためにこぞって出席する。特にハイディーンという駒を手に入れたレニエ公爵は出席しないはずがない。

「おや、乗り気ではないのですか。明日はレンフェルト公爵夫妻も出席予定なのですぞ。あの娘を伴って」

ハイディーンの正面に着席したレニエ公爵が鼻息荒く言った。

彼の娘の件は耳にしている。それをまだ根に持っているこの男はフォルティーナの名前を聞くだけで苦虫を嚙みつぶしたような顔になる。

「わたくしがあの妹に後れを取るはずがないじゃない。少し見ないうちに随分と生意気になって。わたくしに意見して」

思い出しただけで気分が悪くなってきた。

ハイディーンは取り出した扇をぎりぎりと握りしめる。

彼女が口答えするところを初めて見た。いつも澄ました顔をしていて、こちらのことなんか気にもしていないという態度だったのに。

それはそれでイライラさせられたけれど、面と向かって歯向かってきた歓迎舞踏会の日のそれは、以前の比ではなかった。

なぜなら、彼女ははっきりと宣戦布告をしてきたからだ。

強い意志を宿したすみれ色の目でハイディーンを捉えた。いつの間にあんな目をするようになったのか。二の句が継げなかった。そう、あの妹に気圧されかけたのだ。

それをなかったことにすべく、息を吸い込みかけた時に宮殿の女官が入室したため、あの話はうやむやになった。

「わたくしに謝らない限り、あの子を許すつもりはないわ」

「おお結構、結構。その怒りはぜひ持続させてもらいたいものですな」

人を小馬鹿にするような色を孕んでいるようにも聞こえ、ハイディーンはじろりとレニエ公爵を睨みつけた。

「それで、話とやらは何なの？」

「ええ、実は――」

侍女を退出させたレニエ公爵は、にたりと笑って本題に入ったのだった。


マイスとギデノルト、そして旧ゲルンヴィッテのマイネッセン一帯を治める諸侯四人を交えた話し合いの四日目のことであった。

休憩時間の手前で、アルヌーフは譲歩案を提示してきた。

それは、マイネッセン一帯の独立を認めてやる、というもの。

彼は寛大だろうとでも言いたげな顔つきで条件を語ったのち部屋から出ていった。外の空気を吸いに行ったのだろう。その気持ちは分からなくもない。

アルヌーフを見送った諸侯四人はひそひそと言葉を交わす。

「聞こえのいい妥協案を提示したつもりだろうが、そう遠くない未来に再び攻め入るに決まっている」

「もって十年……いや、五年で進軍してくるに決まっている」

「下手にギデノルトとマイスの緩衝《かんしょう》地帯にされても困りものだぞ」

彼らはルートヴィヒの様子を窺うよう、ちらちらと視線を寄越してくる。

アルヌーフの出した譲歩案にギデノルト側が応じてしまうのを懸念しているのだ。

問題の先送りになるだけだが、このまま協議が進まずに互いに引けなくなり、武力で解決を図るという展開よりはましである。

大陸には他にも数多くの国がある。マイスの南にある国は、この十数年で中央集権化をより強固なものとした。戦後処理に追われている今が好機だろうと狙いを定めているとの情報もあった。

国内の一部からは、南北から挟み撃ちにして今のうちに叩いておこうという意見も出ている。だが、積極的な戦はギデノルト王の嫌うところであり、ルートヴィヒも無用な衝突は避けたいと考えている。

「ルートヴィヒ殿下のもとにハイディーン姫が嫁いでくだされば――」

「結局フォルティーナ姫はマイスに嫁ぐのか？　であればルートヴィヒ殿下にもハイディーン姫を娶ってもらわねば――」

「庇護してやったのだ。役に立ってもらわねば損ではないか」

フォルティーナがアルヌーフの求婚を断ったことは一部の者しか知らないのだ。彼が帰国する際に何の発表もされなければ、人々はこの話は流れたのだと受け止める。

アルヌーフが何食わぬ顔を保っていれば冗談の一つだったのだろうと、社交界の者たちは噂し、やがてそれも話題に上らなくなるものだ。

とはいえ、このまま室内に留まればいつ話を振られるか分からない。

ルートヴィヒは彼らを置いて部屋をあとにした。

扉を閉めた途端に「彼らも必死ですね」とバルナーが苦笑交じりに言った。

「そりゃそうだろう。マイスに吸収されれば、戦後処理の名目で税を課せられるからな。であれば、歴史的に見て同胞意識の強いギデノルトの一部になった方が得だ」

マイネッセン一帯とギデノルト東部は昔、同じ国の一地域であった。

そのためギデノルトに吸収されることにさして抵抗がないのだろう。一国の主に憧れる者も多いが、国を維持するには莫大な金がかかるのだ。

そして個々の領地の専有面積がさして広くないマイネッセン一帯の諸侯四人は、ギデノルトに吸収されることで得られる実利を取った。

「マイスが譲歩をするのなら、ギデノルトが頑なになるわけにもいかないからな」

今回の協議で、ようやく着地点が見定められそうだ。


リューデル市内の一等地に立つ王立劇場前の広場に到着するのは、四頭ないし六頭立ての立派な箱馬車たちだ。

今宵、王立劇場では親善の席が設けられている。大事な客人を王立劇場に招くことは、歓待の一つなのだと、フォルティーナは社交の授業で教わった。

今日で協議開始から六日目、マイスの使者たちは明日帰国の予定だ。

（結局アルヌーフ殿下は不確かな祝福が欲しかっただけなのかしら……）

彼はもうフォルティーナから興味を失ったようだ。あれ以降、接触を図ってくることもない。おそらく女神の祝福を発現させる鍵を得ることができないと考えたのだ。

明るい薔薇色のドレスに身を包んだフォルティーナは馬車から降り、王立劇場の正面入り口を見上げた。

石造りの大きな建物の前面には、古代文明の遺跡で見かけるような大きな柱が複数本立ち並んでいる。壁や屋根のいたる所に施された精緻な彫刻は、部分的に金メッキで覆われている。

今は夕刻だが、昼間太陽の日が照らす頃に訪れれば眩《まばゆ》いばかりであろう。

訪れた者たちは、ギデノルトの豊かさをその目にまざまざと刻むはずだ。

その大きさと豪華さに感心するフォルティーナに、レンフェルト夫人が「社交はもう始まっていますよ」と囁いた。慌てて気を引き締める。

今回もまた先日の舞踏会の時と同じようにレンフェルト公爵邸へ赴き、公爵夫妻と一緒の馬車に乗せてもらった。

フォルティーナは劇場の内部へ足を踏み入れた。

天井まで吹き抜けになった空間に大理石の大階段。天井に描かれているのは、聖典由来の古い物語の一幕。吊り下げられたシャンデリアには数百もの水晶が取りつけられ、蠟燭《ろうそく》の明かりを反射させ辺りを煌々と照らしている。

（ガルレ宮殿も豪華だけれど、ここも王立の名に相応しいわ……）

つい視線が揺らいでしまう。そのさなか、ルートヴィヒとアルヌーフの姿を捉えた。開演までの間、来場者たちは入り口から大階段へと続く広間で社交に勤しむものだと頭の中で反芻《はんすう》する。

本日の主役であるアルヌーフはルートヴィヒと共に多くの貴族に囲まれている。

二人の表情は穏やかだ。

平行線を辿るかと思われたマイネッセン一帯の帰属問題では、予想に反してマイス側が譲歩案を提示したことで、進展の兆しが見えたそうだ。

マイスは無傷のギデノルトと正面からぶつかりたくはない。ギデノルトも、マイネッセンのために武力衝突まではしたくない。

気を利かせたバルナーが忙しい仕事の合間を縫って教えてくれたこれらの協議の進捗《しんちょく》状況は貴族たちも共有しているらしい。

「マイネッセン一帯の領主たちには悪いが、話し合いに終わりが見えてきて安心した」

「無駄な争いに金をかけるよりも国内産業と技術革新に予算を振り分けてほしいものだ」

「他国では紡績機械の開発が盛んだというではないか。いつまでも旧聖ハイスマール帝国内での領土争いにかまけている場合ではないぞ」

レンフェルト公爵が友人らと交わす政治談議の一部が聞こえてくる。

世界情勢の変化は目まぐるしい。技術革新の波に乗れなければ産業、貿易で他国に差をつけられてしまうのだ。

フォルティーナは好奇の視線を感じ取る。

先日の舞踏会での求婚劇は貴族社会に知れ渡っている。

ギデノルト王が将来の布石の一つとしてゲルンヴィッテ家の血を取り込んでおきたいと考えていることは、貴族たちの知るところだった。

王は二人の姫を手元に置いておくのか、それとも一人を手放すのか。

今宵アルヌーフはフォルティーナに何かしら行動を起こすのか。しかし未だに目も合わさぬではないか。すでに姫君は求婚の返事をしたのか。

そのようなことを考えているのだろうと簡単に想像できた。

(仕方がないわ。明日アルヌーフ殿下が帰国される時に今後の具体的な予定が示されなければ、皆察してくれるはずだもの)

あと少しの辛抱だ。

それよりもフォルティーナはハイディーンのことを考える。

彼女もまたレニエ公爵夫妻と共に王立劇場を訪れており、こちらと同様、社交に勤しんでいる。艶やかな笑みを浮かべた彼女に挨拶に訪れた男性が見惚れているのが、離れた位置からでも分かった。

父も母も亡くした。帰る国もなくなった。家族は姉であるハイディーン一人だけ。

その彼女に真っ向から意見し、逆らった。

もう後には引けない。

ルートヴィヒの妃の座を求めれば、ハイディーンとは完全に袂《たもと》を分かつことになる。それでも、父に褒めてもらいたいからという身勝手な理由にギデノルトの民を巻き込むわけにはいかない。

姉のように華やかな存在感を示せるわけではないけれど、今の自分にできる精一杯のことをしよう。

フォルティーナは顔を上げ、前を見据えた。

演目が全て終了したのち、フォルティーナたちの座るボックス席を訪れる者があった。

「ごきげんよう。少しの間、ご一緒しても？」

姉、ハイディーンである。先日の諍いを忘れたかのような美しい笑みを浮かべている。

「よい演奏でしたね、お姉様。レニエ公爵もご一緒ですか？」

「いいえ。わたくし一人よ。あの人がいると目立つでしょう？」

ハイディーンが僅かに肩をすくめた。後見人を抜きにして姉妹で話したいということだろうか。

「では大階段の下まで一緒に参りましょう」

レンフェルト公爵が頷いた。政治的な思惑は置いておいて、たった二人きりになった姉妹の交流を阻む意思はない。彼にはそう伝えられていた。

了承を得たハイディーンがフォルティーナの横に並んだ。

歩く道すがら、彼女が話しかけてきた。

「この間は意見が食い違ったままで別れてしまったでしょう」

「はい」

「あの時、わたくしは感情的だった。少し反省したの。わたくしはあなたと対立がしたいわけではない。だって、今となってはたった一人の肉親ですもの」

ハイディーンの口調は穏やかだ。時間を置いたことで冷静になったのだろうか。

「わたしも……お姉様と争いたいわけではないのです」

「そう。よかった」

ハイディーンが胸を撫でおろした。

マイスとギデノルトの両国は話し合いで問題を解決しようとしているではないか。だったらフォルティーナたちも同じことができるはず。

もしも彼女がマイスへの復讐を忘れてくれるのだとしたら。平和的な施策へ歩み寄ってくれるのなら、姉妹のわだかまりを解消することができるだろう。

フォルティーナがルートヴィヒの妃になると主張する理由もなくなる。

その途端にずきりと胸が痛み始めた。

二人の結婚を祝福しなければならないのに、胸の奥を刃物で切り裂かれたかのような強い痛みに襲われた。

目の前が真っ暗になりかける。

結婚すれば二人の距離は今よりも、もっともっと近付くだろう。

あの休暇の日、ルートヴィヒがフォルティーナの唇に触れたのと同じようなことをハイディーンにするかもしれないのだ。

（嫌――っ！）

激しい苦痛に見舞われた。

どうして。どうして、今こんなにも苦しいのだろう。この痛みは一体どこからくるの？

大切な人を取られると考えたから？　でも、大切な人なら他にもいる。例えばマチルダが誰かと結婚するとしたら、今のような胸の痛みに苛まれるの？　心の中に問いかけた。

「どうしたの、フォルティーナ。顔色が悪いわよ」

「……な、何でもありません」

フォルティーナはゆるりと首を振った。

ハイディーンは「そう？」と僅かに首を傾けたあと、薄いレースの布を広げた。

「これ、貸してあげる」

「ショール……ですか？」

「わたくしと色違い。皆、姉妹の対立だ、なんて面白がっているでしょう。レニエ公爵もいけないのよ。あの人、声が大きいの。わたくしたちの仲は良好ですって、態度で示しておきたいの」

いきすぎた対立はルートヴィヒらの望むところではないだろう。ギデノルト王も対応に苦慮しているのかもしれない。

「分かりました」

「わたくしに任せて」

ハイディーンはフォルティーナの後ろに回り、ショールを背中にかけてくれた。そして「もう少し、こう……」と呟きながら、フォルティーナの首や肩に手を伸ばし、ショールの位置を整える。

そのさなか、何かがちくりと肌を刺したような気がした。

「痛……」

「どうしたの？　指輪が当たってしまった？　ごめんなさいね」

ハイディーンが心配そうに顔を覗き込んできた。肩の上に置かれた彼女の手の指には金の指輪が嵌められていた。装飾部分の一部が肌を掠ったのかもしれない。

フォルティーナはゆるりと首を振りながら「大丈夫です」と言った。

ハイディーンもまた侍女と思しき女性からショールを受け取り肩にかけた。

「姉妹で並んで社交の場に立つなんて初めてね」

「はい」

「ギデノルトで初めて姉妹らしいことをするのだから、人生って分からないものね」

きっと世間では姉妹同士で色違いの小物を身に着けることが珍しくないのだ。レンフェルト公爵夫妻が口を挟まないのはそのためであろう。

ハイディーンが口にした通り、このような交流をギデノルトで行うのだから不思議だ。

などと思いながら大階段に差しかかった時、フォルティーナは体の異変を感じた。

（……痺れ？　ずっと座り続けていたから？）

足先がピリピリする。痙攣《けいれん》だ。長時間同じ体勢のままでいると起こることがあるのだと知っていた。過去に経験があったからだ。

僅かな異変をよくあることだと処理する。

そうして大階段の一段目に足をつけ、そのまま下りていく。

ギデノルトの教師から教わった、公の場での立ち姿勢や目線を意識して足を進める。

「あら、あちらにルートヴィヒ殿下がいらっしゃるわ。開演前はご挨拶できなかったから今回はお言葉を交わしたいわ」

ハイディーンが声を弾ませる。

それに導かれるように、階下の大広間で談笑する紳士たちの中にルートヴィヒを見つけた。

「せっかくだから二人揃って話しかけに行きましょう」

ハイディーンの歩調が気持ち速くなった。フォルティーナの腕に手を置いて急かすため、フォルティーナの足取りも速くなる。

いつの間にか痺れは足どころか腕にまで広がっていた。

(ううん。体全体が痺れてきている。どうして……?)

少し体を動かすのが億劫な程度のものだが、頭の隅で警鐘が鳴っていた。

何か、おかしい。こんな症状は初めてのことだった。

その時、大広間のどこかからこの場に似つかわしくない怒声が聞こえてきた。

数秒後「その男を捕らえろ!」という命令する声も。

一体何があったのだろう。気を取られた次の瞬間、視野がブレた。それと同時に目にしていた景色が回った。さらにその直後、強い痛みが全身を襲った。

何が起こったのか。状況に追いつけない。

しかし、世界が回る直前にフォルティーナは体を前に引っ張られるように感じていた。

立ち位置からして彼女しか考えられない。

「フォルティーナ!」と頭上から金切り声を上げるハイディーンしか己に触れられる者はいなかった。

全身に広がる強い痛みにフォルティーナは指一本動かすことにも難儀したが、意識はしっかりしていた。

「女性が階段から落ちたぞ!」

「もう一人は無事か!?」

「誰か! 人を!」

「いや、担架だ!」

上から降り注ぐこちらを案ずる声の数々が、どこか遠くのことのように感じられる。その程度には気が動転しているのだろう。

大丈夫だと示すために体に命じた。動け、と。

「う……」

床にぺたりと張りついたままの両腕に力を込め、どうにか胸から上を持ち上げかけたその時。

「売国婦め！　ここで死ねえええ!!」

怒号が近付いてくるのが分かった。

「――っ!!」

殺意にぎらついた目に射すくめられ、フォルティーナは息を止めた。

男だ。十歳以上は年上だろう。刃物を手にしている。剣には及ばないが果物ナイフよりは長い。その切っ先が向けられている先にいるのは、フォルティーナただ一人。

その事実に頭の中で警鐘が鳴り響いた。逃げろ！　そんなの分かっている。でも、体は金縛りにあったかのように動いてくれない。

これは恐怖だ。大きな悪意を前に体が竦んでしまっている。

男の顔がシャンデリアの明かりの陰になる。その分、男の瞳に宿る殺意の光が鮮明になった気がした。

短剣の切っ先が明かりに反射した。

剣身には恐怖に歪んだフォルティーナの顔が映し出されていた。


マイスとの交渉も落ち着きどころが見えてきた。

(アルヌーフが譲歩案を提示してきたのは意外だったが……)

ルートヴィヒは演奏に耳を傾けながら考える。

マイネッセンの四諸侯が懸念するように、独立を認めるというのは建前で、向こう数年のうちに何かしら動く腹積もりはあるだろう。

ギデノルトとしては、中立的な立場で諸侯たちとマイスの間に入るという建前で動いているため、現実的な譲歩案が出てきたことによる交渉の進展は望ましい。

それにマイスとの国境線が一気に増えるよりも緩衝地帯がある方がいい。

暗くなったボックス席からアルヌーフが舞台を見下ろしている。ちょうど独唱が始まったところだ。

彼の姿は熱心にそれを聴いているようにも、ルートヴィヒのように物思いに耽っているようにも見える。果たしてどちらが正解か。

演奏会は、この国の文化水準の高さを見せつけるという側面もある。

文化が成熟しているということは、それだけ国民の生活水準が高いことを表すからだ。

戦ばかり行っていては国内は疲弊するばかりだ。

旧聖ハイスマール帝国再興を目論み陣取り合戦に情熱を注いでいた旧ゲルンヴィッテとマイスを横目にギデノルトは着実に国力を蓄えてきた。

それらをアルヌーフへ示すことで、マイスへの牽制にもなり得る。

公演は一度の休憩を挟み順調に進んでいき、全ての演目が終了し幕が下りた。

公演終了後は大広間にて社交が待っている。

本日の来場者は政治や経済に身を置く者やその縁者が多い。マイス人大使の姿もある。

彼らの間を、給仕係が飲み物を配って歩く。

琥珀色の液体の入ったグラスを取ったアルヌーフのもとにマイス人大使の男が近付いた。

「しばしの間、殿下をお借りしても？」

「もちろんだとも」

ルートヴィヒは微笑を携え応じた。外国に駐在する大使にとって、自国の王太子と交流するまたとない機会だ。もちろん何かしらの情報のやり取りがあるのは間違いないが、かといって社交の場での執拗な監視は礼儀に反する。

何となしに巡らせた視線は、大階段に差しかかるフォルティーナへ吸い寄せられた。

恋をしたことで劇的に何かが変わったとは思っていないが、大勢の中からフォルティーナを探し出すことに関しては得意になった。いや、無意識に彼女を捜してしまうのだ。

（隣にいるのはハイディーン姫か……。姉妹仲良く……と思い込むのは早計だな。リーズ

ルたちの例もある）

レニエ家がハイディーンを取り込んだ以上、注意しておく必要がある。

（レニエ公爵はハイディーン姫と一緒ではないのか……。あの男もしれっと社交の場に出てくるようになったが――）

などという思考が大きな声によって打ち破られた。

「マイス人はギデノルトから出ていけ！」

ルートヴィヒの体が動いた。

一人の男がマイス人大使と談笑するアルヌーフへ向かって駆け出していた。

男は黒い上下揃いの衣服、給仕用のお仕着せを身に纏っている。しかし、手に持つのは盆ではなく鈍色に光る刃物だ。誰かが手引きをしたのだと考えるべきか。

今は考えている場合ではない。

「その男を捕らえろ！」

ルートヴィヒは大声で命じた。

騎士たちが即座に動いた。

首謀者は愛国主義者か、マイスに恨みを持つ者か。アルヌーフに怪我を負わせては国際問題に発展する。それだけは阻止せねばならない。

マイス人大使がアルヌーフの盾になるように前に立ちはだかった。

騎士の一人が男と大使の間に入る。男が手に持つのは懐に隠しておけるほどの大きさのナイフだ。騎士に向けてそれを振り回すも、実力の差は明白だった。

　そう手間取ることなく騎士らが男からナイフを奪い床の上にうつ伏せにする。

（仲間はいないのか。単独犯――？　いや、会場内に引き入れた者がいるはずだ）

　両腕を後ろ手で拘束された男を見下ろすルートヴィヒの耳に再び大きな声が届いた。

「フォルティーナ姫！」

「!!」

　慌てて声を辿った。大階段の下でドレス姿の女性がうずくまっている。

　大階段の踊り場に佇むのは慌てた表情のハイディーン。ドレスの色からしても間違いない。階段から落ちたのはフォルティーナだ。

「誰かあちらへ――」

「おい、ルートヴィヒ王子」

　フォルティーナ救助の応援を命じようとするルートヴィヒの声に、アルヌーフの激高する声が重なった。

「このざまは何だ？　せっかくこの俺が譲歩してやったというのに。ギデノルトはこういうやり方をするわけか」

　彼の怒りはもっともだが、一度落ち着かせなければならない。

　直後、「売国婦め！　ここで死ねえええ!!」という怒号が響いた。

　一体誰のことを言っている？　やはりまだ仲間がいたのか。これ以上の混乱はまずい。

ルートヴィヒは事態を収拾させるため、反射的に駆け出そうとした。

しかし、後ろから腕を取られる。

「待て」

後ろを見やる。アルヌーフと目が合った。

己の腕を摑む男の唇がにたりと弧を描いたように感じられた。その灰緑色の瞳の中に浮かぶのは悦びにも見える昏《くら》い色。背筋を悪寒が走る。ただの勘だ。しかし、それに従うべきだと訴えてくる。

「怒りの声はのちほど受け付ける！」

ルートヴィヒはアルヌーフを振り払い、駆け出した。

無我夢中だった。

もう一人の襲撃者は大階段の下で倒れるフォルティーナへ狙いを定めていた。

鈍色の短剣が未だ身を起こせない彼女へと迫っていた。

ルートヴィヒの横を近衛騎士が並走する。

どちらでもいい。間に合え！

襲撃者めがけて、二人同時に床を蹴った。

痺れか恐怖による震えか、フォルティーナはその場から動けなかった。このままでは、あの短剣に刺されて死んでしまう。

その事実が体中を駆け巡るのに、未だ両足は大理石の床に張りついたまま。

（わたしの命もここで終わる――）

切っ先がフォルティーナめがけて振り落とされた。喉が引きつって悲鳴すら上げられなかった。

「――っ!!」

二人の男が襲撃者の男に体当たりをする。もみくちゃにされ叫び喚く男の胴に騎士が張りついた。男は未だ短剣を手に持ったままだ。

助けに来てくれた二人のうちの一人がこちらの名を呼んだ。

「フォルティーナ！」

「ルート……ヴィヒ殿下」

「立てるか？」

ルートヴィヒがフォルティーナを助け起こそうと背中に手を添えたちょうどその時。

襲撃者が騎士を振り払う。

それは一瞬の出来事だった。時間にしてたった数秒。しかしフォルティーナの目には、全てが緩やかに映って見えた。

怒号を喚き散らしながら男が短剣を振り上げた。

フォルティーナの前に膝をつくルートヴィヒが背後を振り返る。

だが、男の方が早かった。防ごうと腕を前に出すルートヴィヒの脇腹に男が短剣を突き刺した。

「ぐっ……──」

「この女の味方をするなど、おまえも売国奴だ！　殺してやる！」

男は叫んだ。今しがたルートヴィヒの体から抜いた短剣を再び刺そうとする。

それを阻止せんと、騎士が体当たりをした。

揉み合う男たち。悲鳴。怒号。ルートヴィヒを案ずる声。

その全てが己の中から消えた。

嫌だ。どうして。息ができない。声が出ない。

目の前で起こったことの何もかもが信じられない。

世界が真っ赤に染まった。

「フォル……ティーナ」

名前を呼ばれた。

ドサリ。

ルートヴィヒがフォルティーナに向かって崩れ落ちた。

受け止めた手がぬるりとした生暖かい感触を拾う。

血だ。彼の体から赤い血が流れている。

これを止めないと。頭の中の冷静な部分が体に命じる。動けと。

でも、冷静さを失った体は動揺する心に支配され、まるで言うことを聞かない。

彼を抱きかかえたまま、カタカタと震えるだけだ。

「あ……ああ……」

ルートヴィヒが体を僅かに起こした。

「あなたに……怪我、なく……て、よかっ……」

その直後、彼が咳き込み、血を吐いた。

「い……や……」

絶望が視界を染める。誰か。この悪夢を止めて。

夢なら早く覚めて！

ルートヴィヒがフォルティーナの顔を覗き込む。

その瞳に宿るのは、こちらを慈しむ柔らかな色。

フォルティーナの大好きな彼の瞳。

そのはしばみ色の両目から輝きが失せていく。

「ほん、と、うは……もっと格好……よく、助けたかったのに……うまく、いか、ない
……ものだな」

「どうして……どうして……わたしのために……」

やっと唇が動いてくれた。

彼を見つめていたいのに、視界がやけに滲む。二つの目からぽろぽろと雫を垂らしていることにも気付けないでいた。

「……好きだ」

ルートヴィヒが微笑んだ。

「あなた……を……愛して――」

ルートヴィヒの指先がフォルティーナの唇を掠めた。

言葉は最後まで形になることなく途切れた。

その代わり、彼はフォルティーナを抱きしめるように体を預けてきた。

彼の重みを全身に感じる。遠慮のない体重の預け方だ。声も息づかいも何も聞こえない。

生暖かいものがドレスに染みを作っていく。

「ルートヴィヒ……殿下？」

フォルティーナは呆然とした面持ちで目の前の男性の名を呼んだ。

返事は、ない。

「ルートヴィヒ殿下？」

もう一度。彼に聞こえるように。

きっと、いつものように柔らかな声で応じてくれる。それが耳朶をくすぐるたびに胸の奥がくすぐったくなるのだ。

今度も返事は聞こえない。彼は何も発しない。ぴくりとも動かない。

「い……や……」

これではまるで――。

そんなの嫌だ。喉が、胸が、焼けるように熱い。上手く呼吸ができない。

「へん……じ、して……」

ぎゅうと抱きしめる。

ぽたぽたと雫が頬を伝う。透明なそれが彼の髪に、頬に落ちた。

それでも、彼は身じろぎ一つしない。起き上がって微笑みかけてくれない。

目の前の事象を認めたくない。

嫌だ。嫌だ。頭を強く振った。こんなの、嫌。死ぬのならわたしでよかったのに。

どうして。どうして、あなたがわたしの代わりに――。

胸が張り裂けそう。全身が引きちぎられるかのように痛い。心臓が杭《くい》で打たれるかのようだ。

彼が行ってしまう。わたしを置いて。

そんなの、嫌。絶対に認められない。

ねえ、何でもあげるから。

わたしから彼を取り上げないで。連れていかないで。

大切で大切でたまらなくて。わたしの命よりも大事な人。

その彼の命の灯《ともしび》が消えしまう。

お願い。誰でもいい。ルートヴィヒ殿下を救って。代わりにわたしの命をあげるから。彼を生かして。彼に二度も救われた命だ。それを彼に返すだけ。もう一度あなたに会いたい。伝えたいことがあるから。

強く、強く、願った。

ちりりと左の足首が疼いた。

――あなたは、愛するこの人のことを救いたいのね――

突如間近で話しかけられた。夢の中で聞こえてくる声と同じであることに気付く。白昼夢だろうか。

「愛？」

――そう、愛。鍵が開いた。あなたは世界中の誰よりもこの男性のことを大切に想っている。自分の命を捨てられるほど。それくらい、この人を愛している――

胸の奥から湧き起こる強い想い。何にも代えがたい、彼を想う心。

これが、愛しているということ。それを、彼を失った今、知った。

好きも恋も愛も、ひどく曖昧で形がなくて。

けれども、ずっと側にあった。ルートヴィヒが教えてくれた。

彼がフォルティーナに、この強い感情を与えてくれた。

やっと知った。これが、わたしの愛する心。あなたを想う心の形。

――わたくしの最後のいとし子。さあ、鍵は開かれたわ。祝福の力を使いなさい。けれども、あなたはその代償に……――

耳元で囁かれる言葉の数々に、フォルティーナは頷いた。

悲しげな声だった。そこには、母が子を想うような深い愛情が含まれているようだった。

唐突に閃《ひらめ》いた。この声こそが女神なのだと。

彼女の優しさに触れたフォルティーナは確かに母に愛されていたのだと実感した。だって、母も女神も同じ声の響きを有しているから。

「ありがとう。わたしなら大丈夫。彼が生きてくれるのなら、それでいいの」

フォルティーナは、すぅっと息を吸い込んだ。

体は痺れたままだけれど、このくらいなら支障はない。

十分にやれる。歌える。

知らないはずの歌を、フォルティーナは歌う。

女神の祝福を。たった一度しか起こせない奇跡を。ルートヴィヒのために。

古の言葉を纏った旋律が力を宿し、粒子となりルートヴィヒを優しく撫でる。その全身を光が覆う。蒼白だったルートヴィヒの肌に血色が戻り始めた。

フォルティーナは歌うのをやめた。腕の中で、ルートヴィヒが身じろぎをする。

体を起こした彼が訝しげにフォルティーナの顔を覗き込む。

彼が帰ってきてくれた。それだけで胸がいっぱいになった。

「フォルティーナ？　俺は……一体、どうして――」

彼は生きている。もう大丈夫。
嬉しくて笑みを浮かべた。
「ルートヴィヒ殿下……愛してる」
体から急速に力が抜けていく。
彼の無事を見届けられたのだから満足だ。最後にちゃんと愛を伝えることもできた。
幸せになってね。
愛している。ルートヴィヒ殿下。

終章

　季節はすっかり移り変わり、肌を撫でる風がいっそう冷たさを孕むようになった。

　届けられた書簡への返信草案の確認を終えたルートヴィヒはバルナーに了承の意を伝えた。清書ののち、再確認を行った上で署名をつけ足し、マイスへ送られることとなる。

　王立劇場の出来事から約二か月半が経過し、ようやく終わりが見えてきた。

「アルヌーフを廃嫡に持っていけなかったのは残念だったな。結局は駐ギデノルト・マイス人大使の命を使ってあの男は逃げきった」

「今回の件で国際社会におけるアルヌーフ殿下の信用は地に落ちたも同然ですが……あの性根では堪えてはいないでしょうね」

　王立劇場で起こった襲撃事件は、すわ開戦のきっかけになるかと多くの者たちを震撼《しんかん》させたが、迅速な捜査の結果、予想外の着地をすることとなった。

　襲撃者による自白で、レニエ公爵家の関わりが明らかになったのだ。

　そして、そこからマイス人大使、アルヌーフへと繋がった。

　襲撃の実行犯である二人のうち、フォルティーナの命を取らんと襲いかかった男は、刺した相手がギデノルトの王太子であると告げられた途端に身を震わせたのだそうだ。愛国者を標榜《ひょうぼう》するその男は、自国の王太子を傷つけた事実に耐えきれなかったのだろう。告解するかの如く、ある女性の殺害がギデノルトの利益に繋がるのだと言われ、協力したのだと供述を始めた。

ある女性というのがフォルティーナで、依頼人がレニエ公爵家の家人であった。

また時を同じくして、内務省管轄下の諜報《ちょうほう》組織がレニエ公爵家のここ一か月の不可解な動きについて報告してきた。

その情報をもとに、ルートヴィヒは拘束中の襲撃者二人の見張りに隙を作るよう命じた。犯人を生かしておけばいずれ自分たちにたどり着かれる恐れがあると口封じに動くことを見込んで。

果たして読みは当たり、拘留《こうりゅう》中の襲撃犯二人のうち、最初にアルヌーフへ襲いかかった男の命が狙われた。犯人を捕まえ尋問を行い、改めてレニエ公爵に関わる証言を得た。

それはレニエ公爵とマイス人大使との繋がりである。

「今回の件についてどう責任を取るつもりだ」「捜査の進捗などどうでもいい。この俺に襲いかかった者がいた時点で宣戦布告も同じだ」などと連日騒ぎ立てるアルヌーフはというと。

レニエ公爵邸を解体する勢いで捜索した甲斐があり見つけたアルヌーフとの密約を書き留めたものを差し出せば、さすがに開戦云々という当初の勢いは削がれたものの、頑なに己の関わりは認めずに、マイス人大使に全てをなすりつけるという逃げの一手に走った。

この段階でレニエ公爵は供述を始めていた。

愛娘デリアがフォルティーナ毒殺未遂事件を起こした。娘は収監され、公爵家の評判に傷がついた。そもそもの発端は王女リーズルがデリアを唆《そそのか》したことにある。

この件でレニエ公爵は王家に私怨《しえん》を抱くようになっていた。

そこにつけ込んだのがマイス人大使だった。甘言に乗ったレニエ公爵はやがてアルヌーフと通じるようになった。見返りは、将来マイスがギデノルトを掌握した際の地位の保証と領土拡大。

とはいえ、いつになるかも分からぬ時を待つのではなく、目の前の機会を積極的に取りにいく性分のレニエ公爵は、先のゲルンヴィッテ王のもう一人の娘ハイディーンがギデノルト国内で後ろ盾を探していることを知り、彼女を屋敷へ招き入れた。

彼の考えとしては、国名がどうなろうと知ったことではなかった。レニエ公爵家の権勢を誇示し拡大させることが最優先事項だったのだ。

その点で言えば、レニエ公爵はアルヌーフと通じてはいたものの、手に入れた新しい駒であるハイディーンをギデノルトの王太子の妃にできればよかった。先のゲルンヴィッテ王の娘という条件であればハイディーンにも資格はある。

そのためにはフォルティーナに勝たねばならぬが、殺すことまでは考えていなかった。

彼女が亡くなれば姉のハイディーンはしばしの間、喪に服す必要がある。婚約どころではなくなる。結果、結婚も遠のく。

そう考えたレニエ公爵は、フォルティーナとアルヌーフの密通疑惑を作り出せばいいのではと画策していた。

しかし寸前で計画の一部に変更が生じた。それがフォルティーナ殺害の要請である。

レニエ公爵とアルヌーフとの間には何の絆もなく、ただ利害の一致があっただけ。

一人だけ逃げるなど許さないとばかりにアルヌーフとの関わりを供述したが、フォルティーナ殺害の動機については知らされていないと言った。

あの王立劇場での夜、アルヌーフはフォルティーナのもとへ駆け寄ろうとするルートヴィヒを止めようとした。

あの時のアルヌーフの双眸に浮かんでいたのは、ほの暗い光。

あれは、殺意だ。フォルティーナの死を願う者のそれだった。

彼の行動理由が分からずにいたルートヴィヒは直接尋ねることにした。

「貴殿はつい先日までフォルティーナ姫に求婚していた。さすがに惚れたという言葉を信じるほど単純ではない。けれども先のゲルンヴィッテ王の娘はフォルティーナ姫だけではない。ハイディーン姫もいる。彼女を殺しても、もう一人の直系の姫は残る。強い殺意を抱く理由はどこにある?」

アルヌーフはギデノルトを窮地に陥れるために、社交場で自作自演の襲撃事件を起こすことを画策し、レニエ公爵と秘密裏にやり取りをしていた。

これにフォルティーナ殺害が加わったのは、舞台となる王立劇場で演奏会が行われる目前のことだったそうだ。

当初、アルヌーフとフォルティーナがさもふしだらな関係に陥ったような現場を作り出すつもりだったレニエ公爵は、突然の計画変更に訝しがりながらも、痺れ薬と二人目の襲撃者を用意した。

そしてハイディーンに命じ、妹を階段から突き落とさせた。

「簡単だ。あの女がおまえのものになるくらいなら殺した方がましだ」

アルヌーフはこの件については、自身の関わりを隠すことなく答えた。

のちに思い返してみれば、あの男は自分が手に入れるはずだったものをルートヴィヒに取られたと感じ、強い憤りを抱えていたのだろう。本人を前に言わずにはいられなかったという心境だったのだ。

身勝手な言葉を受け、ルートヴィヒが激憤を滲ませれば、アルヌーフも嚇怒を露わにした。

「現におまえはあの日、あの女の持つ力で死地から蘇った。おまえも自覚しているだろう？　一度は死んだはずだ。あの女の腕の中でこと切れたはずだ。それを、あの女は古の女神の力で救ってみせた」

「あれは奇跡でも何でもない。懐に忍ばせてあった懐中時計が刃物の威力を削いだだけのことだ」

「誤魔化さなくていい。おまえも俺と一緒に旧ゲルンヴィッテの宮殿のあの部屋で、死んだゲルンヴィッテ王がフォルティーナを幸運の女神だと言っていたという話を聞いていた。

俺はあのあと、その言葉の意味を調べさせた。そして、古い言い伝えにたどり着いた」

ルートヴィヒはおとぎ話も奇跡も信じていない。だから毒を盛られ昏睡から目覚めたあと、父親を助けられなかったと自分を責めるフォルティーナに、不確かな伝承に縋ったのは先のゲルンヴィッテ王で、その責任は彼にあると言った。

そう、短剣で腹を刺されたあの時まで、ルートヴィヒは確かに女神の祝福など信じていなかったし、忘れてもいた。

しかし、己の命は一度潰えた。それは、ルートヴィヒ自身がよく分かっていた。

フォルティーナの命が消えてしまうかもしれないという恐怖は、ルートヴィヒから正常な判断能力をかき消した。

あの時のルートヴィヒは王太子ではなく、一人の男として愛する者の命を守らんとしていた。でなければ薄れゆく意識のさなか、あのような告白などしない。

彼女を己の手で幸せにできないことだけが心残りであったが、彼女が生きているならそれでいいなどと考えているうちに意識が途絶え、気付くと白い世界に一人立っていた。

俗に言う死後の世界か、などと周囲を見渡していると、耳元で誰かの声がした。今となっては女性か男性かも分からない。急に強い力に引っ張られるような感覚があり、気付けばフォルティーナの腕の中にいた。

負った傷による苦しみはなくなっており、目をぱちくりとさせ状況についていけないでいるルートヴィヒに彼女は言ったのだ。

「愛している」と。

しかし、この臨死体験はごく僅かな者たちを除いて、秘匿《ひとく》にされることになった。

対外的にはアルヌーフに述べたように、懐に忍ばせてあった懐中時計が刃物の威力を削いだということになっている。

あの時ルートヴィヒは一度黄金色の光に体が包まれたのだそうだが、それも天井から吊り下げられた明かりの反射によるものだと説明づけをしている。

「フォルティーナ姫は確かに父王がどうして自分を閉じ込めていたのか、その理由を知っていた。しかし、彼女自身、力を持っているという自覚はないと言っていた」

ルートヴィヒは知らぬ体で答えた。フォルティーナには奇跡を起こす力などない。これを真実とするためだ。

「俺にまで隠さなくていい。あれは真実、女神の力だった」

アルヌーフは忌々しそうにルートヴィヒをねめつけた。

「あの女の前におまえが出ていった時、今後邪魔になるギデノルトの王太子まで死んでくれると歓喜したものだが。結果はどうだ。あの女は女神の力を使って死地からおまえを呼び戻した。おまえがあの女を庇ったせいで、おまえがあの女を誑《たぶら》かしたせいだ。どうせおまえも本当は伝承を調べたのだろう？　そしておまえを愛するように仕向けた」

結果として、アルヌーフはルートヴィヒが知りたかった大体のことを話してくれた。

祝福の力を保有する者が愛した者だけが女神の持つ奇跡の恩恵に与れるのだそうだ。

アルヌーフが突然フォルティーナに求婚した理由。それは、その力を我が物にしようとしてのことだった。つまり彼女の父親と同じことをしようとしていたのだ。

しかし時すでに遅し。フォルティーナには大切な人がたくさんできていた。その中でも、彼女がルートヴィヒに心惹かれているのは明白だった。

ではどうするか。いけ好かない男に祝福の力が渡ることがないようにフォルティーナを殺害しようと決意した。

そしてアルヌーフは「女神の祝福が使えるのは生涯にただ一度だけだ。今後おまえのもとには奇跡は訪れない」と高らかに笑った。

元々奇跡を信じていないため、そのように言われても残念だとは思わない。彼とは徹底的に価値観が合わないのだな、と改めて感じた。

演奏会の夜に起こった襲撃事件は、関係者の努力の結果マイス人の関与が判明し、開戦に至ることはなかった。

とはいえ、落とし前はきっちりつけさせてもらわなければならない。

今回の騒動収拾の対価としてマイネッセン一帯を含めたギデノルトに近い旧ゲルンヴィッテ領を吸収することと、マイスに接収されたゲルンヴィッテ家の財産のフォルティーナへの一部返還を認めさせた。

また、アルヌーフが一連の責任を押しつけたマイス人大使の裁きもギデノルトで行われることとなった。

通常、大使のような身分の者は国が積極的に守るものだが、そのようなこともなかった。減刑を求めるでもなく、配下をあっさり切り捨てるあの男にいつまで下の者がついてくることか。

回想を終えたルートヴィヒは、バルナーに相槌を打った。

「あの性根はマイスの貴族たちにも知れ渡っているだろう。人徳などないに等しい。足を掬われなければいいけれどな」

「アルヌーフ殿下の時代になった時、果たして何年保つのでしょうか……」

「さあな」

内部から崩壊する前にアルヌーフが暴走しないよう、今後は周辺国との連携を強めておく必要がある。

確認を終えた草案を自ら届けたルートヴィヒはその足で宮殿の奥へ向かった。

扉を開けた侍女に次いで入室したルートヴィヒは「少し話をしてもいいか？」と部屋の主に尋ねた。

窓辺に置かれた椅子に着席し、黙々と針を動かしていたフォルティーナが顔を上げ「どうぞ」と応じた。

近くの椅子に腰を下ろしたルートヴィヒは、彼女が手にする縫物をちらりと見る。複数の糸を使い分け施された刺繍は熟練の職人が手掛けたと言われてもおかしくない見事な出来栄えだ。

「マイスとの交渉に時間がかかったがようやく終わりそうだ。そうこうしているうちに秋の気配が濃くなってきたな。あなたにぶどうの収穫を見せたい。ぶどう酒作りに参加してみるのはどうだろう。皆で収穫したぶどうを踏んで潰すんだ」

「それはご命令でしょうか？」

フォルティーナが小さく首を傾けた。

「いいや。あなたが興味があれば案内しようという提案だ」

ゆるりと首を振れば、目の前でフォルティーナが黙り込む。

金色の睫毛がふるりと揺れた。紫色の双眸は水晶のように透明なままだ。

「わたしには……理解できません」

淡々と事実を述べるだけの声には何の感情も含まれていない。

「話を戻そう。王立劇場での襲撃事件の事後処理の進捗だ。あなたの姉君の処遇が決まった」

フォルティーナはきょとんとしたままルートヴィヒを見つめている。

「あの日、フォルティーナ姫殺害の一端を担ったハイディーン姫は、修道院併設の牢に収監されることとなった。刑期が明けたあとは、修道院で過ごすことになるだろう」

あの夜一度気を失ったフォルティーナは、次に目覚めたあと、あの晩誰とどのような会話をし、どのような行動をとったのかを淡々と話した。

ルートヴィヒは彼女の話し方や表情に違和感を持ちつつも、ハイディーンを宮殿に召喚し留め置いた。

当初彼女は「わたくしはフォルティーナには何もしていないわ」の一点張りだったのだが、レニエ公爵が拘束されたことを知って以降は、逃げられないと観念したらしい。

ぽつぽつと供述を始めた。

ハイディーンは自分もまたレニエ公爵の被害者だと訴えた。

「レニエ公爵は言ったわ。フォルティーナの足が不自由になれば王太子妃候補から外れるに違いない。そうすればわたくしが王太子妃に選ばれるだろうって。わたくしは、迷ったけれど……彼の機嫌を損ねれば、後ろ盾を失ってしまう」

父と国を失くした彼女は、自身の地位が簡単にひっくり返されることを身をもって知った。惨めな生活に逆戻りになることを厭ったハイディーンは、レニエ公爵から聞かされた偽りの理由を信じ、犯行に加担したのだと語った。

「わたくしは、お父様に愛されていたあの子が嫌いだった。でも、死んでくれとまでは考えていなかった。フォルティーナが動けずにいた方が傷つける方も加減がしやすくなるからって……。それしか聞かされていない！　信じて」

そう訴えたハイディーンもまた、先のゲルンヴィッテ王の身勝手さの被害者なのだろう。

幼い頃から隔離されて育てられたフォルティーナ。口では妹を劣った存在だと貶《おとし》めながら人一倍執着を見せる父。足繁く妹の住まう場所へ通い食事まで共にする先のゲルンヴィッテ王の行いを、ハイディーンは愛情の差だと感じたのだ。

先のゲルンヴィッテ王は、女神の祝福の証を持って生まれた娘が他の誰にも愛情を傾けないように隔離し、己を一番に考えるように躾けた。

けれど、フォルティーナが父へ抱いたのは、愛ではなく恐れだったのではないだろうか。

女神の祝福の発現条件である「愛」というのは、誰かを慈しむ心なのだろう。もしも先のゲルンヴィッテ王がフォルティーナに違った接し方をしていれば、彼の命は救われていたのかもしれない。

「マイスに要求したゲルンヴィッテ家の財産の一部返還の件だが……。あなたの希望があれば、ハイディーン姫へいくらか譲渡することもできる。それから、希望があればハイディーン姫と面会できるよう取り計らう」

収監場所は王都から離れているため、面会の機会は限られるだろう。

ルートヴィヒの話を聞いたフォルティーナは静かな表情を保ったままだ。

特に考える素振りを見せずに口を開く。

「財産譲渡および面会がご命令だとおっしゃるのであれば従います」

「命令ではない。あなたなら姉君と向き合う方法を模索するのではないかと思ったんだ」

「向き合う……模索……」

まるで乳幼児が初めて言語に触れるかのような何の含みもない呟きだった。

目覚めて以降、フォルティーナはずっとこの調子だった。

「いいや、やはり今はやめておこう」

「はい」

ゆるりと首を振ったルートヴィヒにフォルティーナが返事をした。

今の彼女は喜怒哀楽全てを忘れ去ってしまっている。

無機質という言葉がドレスを着て歩いているような存在になってしまった。

事件から数日経過しても笑顔を思い出す様子のないフォルティーナを心配したルートヴィヒは直ちに医務官を呼んだ。

診断によると、今のフォルティーナは大階段から転がり落ちた衝撃、もしくは襲われかけた恐怖によって自身の殻に閉じこもっているのだろうとのことだった。

周囲はその診断に納得していたが、本当に恐怖が原因なのだろうか。

あの日、息を吹き返したルートヴィヒはすぐ近くで見たのだ。聞いたのだ。

目覚めたルートヴィヒを前に幸せそうに微笑む彼女を。

「愛している」と伝えてくれた彼女の声を。

それなのにその直後気を失ったフォルティーナは次に目覚めた時、人形のように感情を失くしていた。

もういくつか話題を振ったが、フォルティーナは基本的にルートヴィヒに頷くだけだ。

次の予定が迫っていたため部屋から退出したルートヴィヒに声をかけてくる者があった。

「お兄様、いらしていたのですか」

「ああ。おまえこそどうした……そうか、フォルティーナ姫との散歩の時間か」

「ええ。なるべく以前と同じような生活をした方がいいと医務官も言っていましたし。フォルティーナったら、今の方がアーディと仲良しですのよ」

マチルダが苦笑する。感情を失くした今の方が物怖じしないらしい。

「俺はずっと彼女についていてやれないから。フォルティーナ姫のことを頼む」

「お兄様に言われなくても当たり前ですわ」

己の殻に閉じこもったフォルティーナの住まいをマチルダの近くに移動させたのは、友人の側にいた方が心が安らぐのではないかと考えたからだ。

早く以前の彼女に戻ってほしい。そう願った。


あれからさらに一か月が経過した。

朝晩の冷え込みが一段と強くなった。冬は目の前であろう。

少しでも気分が華やげばと思い、ルートヴィヒはフォルティーナを宮殿奥にある温室に招いた。歴代の王族の女性たちが居心地よく調えさせた空間には、植物が植えられているだけでなく長椅子や円卓が置かれている。

冬の日の午後は、ここで読書や刺繍をしたり、気の置けない友人を招いてお茶を飲んだりするのだそうだ。

　案内した椅子に腰かけたフォルティーナは今日も表情を変えることなく、ルートヴィヒから差し出された白薔薇を受け取った。

「昨日父上から借り受けた調査官が帰還した。彼らには古の女神の伝承を調べ尽くすよう命じたんだ」

　こちらの話を聞きながらフォルティーナは手の中の白薔薇を弄ぶ。

　アルヌーフからフォルティーナへの執着と殺害に至った経緯を聞いたルートヴィヒは、ギデノルト王に事情を話した。

　彼女がどうして今のようになってしまったのか。心の問題ではないのではないか。何らかの形で女神が関わっているのではないか。そもそも人知を超えた力を人間が使うのだ。副作用があるのではないか。考え始めたら居ても立ってもいられなくなった。

　どんな些細なことでもいい、文字に書き残されていない口伝なども含めて調べろと命じたため時間がかかったが、彼らは各地に散らばる言い伝えの数々を持ち帰った。

　集められた伝承は、フォルティーナから聞いたもの、そしてアルヌーフが語ったものとほとんど変わりはなかった。

　その中で一つだけ、初めて知る伝承があった。

「女神の祝福を使用した者は、その後まるで人形にでもなったかのように感情を失くしてしまうのだそうだ」

女神の持つ力を人間が行使する代償なのだと言い伝えられているらしい。

「あなたは以前、何の啓示も受けたことがないと言っていた。けれども俺が死にかけた時あなたは女神の力を使った。あの一瞬の間に何があったんだ？　女神から代償の話を聞いたのか？　もしもそうだとしたら……あなたはどうして俺を――」

救おうとしたのか。続けようとした台詞は、喉元の寸前まで出かかったが、声になることはなかった。

伝承の通りなら、フォルティーナはルートヴィヒのことを愛してくれたのだ。

だから祝福の力が発現した。傷を癒し、健やかな状態でルートヴィヒを地上へ呼び戻すことができた。

あの時ルートヴィヒは、立場も忘れてフォルティーナのもとへ走った。彼女を助けるために。命を救うために。

フォルティーナもまた、ルートヴィヒが無事であればいいと。そう女神に祈ったのだ。

互いに愛する者のために行動したのだ。

相手の幸せを願う心に従った。

最後に見せてくれた微笑みが脳裏に蘇る。

ルートヴィヒの頬を涙が伝った。

「いかがしましたか？　ルートヴィヒ殿下」

彼女は、どうして目の前の男性が涙を流しているのか分からない。

ただ、不思議そうにこちらを眺めるだけ。

「俺は何度だってあなたに伝えよう。あなたを愛している。俺の一番は生涯フォルティーナ、あなただけだ」

たとえあなたが心を失っても、命ある限り覚えている。

あなたが俺に与えてくれた愛を。

フォルティーナ。あなたを愛している。

朝の陽ざしに導かれるようにフォルティーナは目を覚ました。

毎日同じ時間に起き顔を洗う。侍女に寝間着を脱がせてもらい部屋着に着替えて朝食をとりに行く。

「おはよう、フォルティーナ。よく眠れて？」

「おはようございます。いつも通り、十分に睡眠をとることができました」

「健康的で素敵ね」

サロンで交わされるのはいつものやり取り。

着席したフォルティーナの前に卵料理が置かれる。今日はゆで卵の日だ。明日はオムレツで、その次の日がカリカリに焼かれたベーコンと目玉焼き。曜日によって料理のし方が変わる。

朝食は大抵の場合、マチルダと二人なのだが、たまにギデノルト王妃が加わることがある。それからもう一人。

「おはよう。俺も参加していいか？」

軽やかな声と共に入室してきた青年がフォルティーナの近くに着席した。

この国の王太子、ルートヴィヒだ。彼はガルレ宮殿の本宮殿ではなく別館で寝起きをしているのだが、週に三、四回こちらへ朝食をとりに来る。

「おはようございます、ルートヴィヒ殿下」と返したフォルティーナに向けて「今日はゆで卵の日か」と頷いたあと「じゃあ、今日のパンは干しブドウ入りのものにしよう」と言いながら、バスケットの中に盛られたパンを取り分けてくれた。

フォルティーナは人にも物にも執着することがない。

そのため好きなものを選べと言われると、動けなくなる。何が好きかという質問も困りものだ。何を見ても何に触れても心の中にどんな感情も生まれないから。

それを知るルートヴィヒは、日常の中で本来であればフォルティーナ自身が選ぶことを代わりにやってくれる。

「今日の部屋着は新しいものか」

「わたしとお母様で選びましたの」

「そうか。似合っている、フォルティーナ」

彼はしょっちゅう服装や髪型などを褒めてくれる。その時の彼は目を細める。こういう表情を、柔らかな顔というのだとマチルダから教わった。

誰に対してもするのではなくて、大事な相手、親しい相手限定なのだそうだ。

フォルティーナには「大事」という気持ちがどこからやってきて、どういうものなのか理解することができない。言葉で説明されても、思い当たるような感情が自分の中に生まれないのだ。

「昨日の散歩着も愛らしかった」

「ありがとうございます」

人から服装や髪型を褒めてもらった時はお礼を言うといいとマチルダが教えてくれたため、フォルティーナは従うようにしている。

ルートヴィヒは毎日フォルティーナを褒めるから、必然的に会話はお礼ばかりになる。

朝食が済んだあとは、午前と午後に分かれて授業が行われる。

歴史や社交、礼儀作法にダンスが主だ。マチルダと一緒のことが多い。

午後の時間には散歩や刺繍、読書が割り当てられている。

散歩にはルートヴィヒが付き合ってくれることが多い。

そういう時、彼は花を添えて「愛している」と言う。これも褒め言葉だろうかと以前尋ねたら、彼は「誰かへ愛を伝える言葉だ」と言って目を細めた。その時の彼の表情は、マチルダが教えてくれた「柔らかな顔」と同じで、フォルティーナは「愛」は大事な人に向けられた気持ちなのだと理解した。

そして夕食をとり、侍女たちが寝支度を調えてくれ、決められた時間に寝台に入る。

これがフォルティーナの日常で、月に数度ギデノルト王妃と慈善活動を行うこともある。孤児院の子供たちに刺繍や裁縫の技術を伝えるのだ。

毎日課せられたことを行っていると一週間が経ち、一か月が経ち、気付けば季節が四つ巡ることになる。

フォルティーナは十八歳になっていた。つまり、本宮殿で暮らし始めて二年が経過したということだ。

生活は特に変わらず、日々決められた通りに過ごしている。

ルートヴィヒは忙しいのだという。ギデノルト王より与えられる権限が多くなってきたのだとマチルダが教えてくれた。

しかし彼は変わらず毎日フォルティーナのもとを訪れる。

「フォルティーナ、散歩の時間だろう。付き合う」

「東の果ての国から買いつけたという調度品を商人が献上したんだ。漆という。樹液を何度も塗り重ねているのだそうだ」

「今日は氷菓子を用意させた。冷たいから一度にたくさん口の中に入れない方がいい」

「たまには宮殿の外に行ってみようか」

「初雪が降った。マチルダも誘って雪人形を作ろう」

日によって、そして季節によって、話しかけてくる内容は違う。

けれど、フォルティーナへ向けられるルートヴィヒの表情は「柔らか」だ。

そして彼は二人きりになると「愛している」と伝えてくるのだ。

その時も彼は「柔らかな顔」をしている。

ある時、マチルダから「お兄様と二人きりの時はどのようなお話をしているの？」と尋ねられたから、「愛している」と言われると答えたことがあった。

そうしたら「お兄様は照れ屋なのね」と彼女が唇の端を持ち上げながら言うものだから、次にルートヴィヒに会った時、そのやり取りを伝えた。

すると彼は「愛の言葉は伝えたい相手にだけ聞かせるものだ」と真面目な面差しで説明してきた。

愛について一つ知見を得たというのに、フォルティーナの心の中には何も芽生えない。

心という形にできないものが理解できないでいる。

きっとフォルティーナは心を持っていないのだろう。

一度そう言ったらルートヴィヒに抱きしめられた。

彼は平素とは違う声色で「あなたが忘れてしまっても、俺が全部覚えている」と伝えてきた。

フォルティーナは心を持っていないのではなくて、それがどのようなものなのかを忘れただけなのだろうか。

では、探せば見つかるのだろうか。どこを探せばいいのだろう。思い当たる節がない。

彼の胸の中でそのようなことを考えるも、心を失くしたことに関して何らかの気持ちが湧き起こるかと尋ねられれば否としか答えられない。

心と書かれた箱か物体かが、どこかに落ちていたら分かりやすいのに。

失くした心にほんの僅かな未練を抱いたのは、ルートヴィヒが「愛している」という言葉と一緒に花をくれるから。

愛を理解できないフォルティーナのために、愛情表現の形として花を贈るのだという。

フォルティーナは彼から「愛」の形として花を受け取る。

毎日。毎日。春も夏も秋も冬も。彼は飽きることなく花を手にフォルティーナに会いに来る。最初に花をくれたのはいつのことだっただろう。

二年ほど前に王立劇場の大階段から転がり落ちて気を失ったあとからだと記憶している。

あれからずっと、フォルティーナは毎日花を受け取り続けている。

生花は枯れてしまうから花瓶に挿した花は侍女たちが定期的に取り換える。

でも、フォルティーナは不思議と彼からもらった花を忘れない。

白い薔薇。薄紅色の薔薇。すみれ。矢車菊《やぐるまぎく》。鈴蘭。カンパニュラ。カモミール。

他にもさまざまな花を贈られた。

季節が再び一巡し、さらに冬が終わり、王都リューデルに春が訪れた時のこと。

その日、フォルティーナはルートヴィヒから贈られた花々で彩られた花畑の中に佇んでいた。

――フォルティーナ。わたくしの最後のいとし子――

どこからか女性が話しかけてきた。

ぐるりと辺りを見渡す。誰もいない。花々が咲くばかりだ。

「あなたはわたしのお母様？」

――似たようなものよ。遠い昔、わたくしがまだ神と呼ばれていた頃、わたくしはわたくしの子供たちに祝福を与えた。時が経ち、わたくしを含む同胞の力は弱まり、ある者は小さな存在に、ある者は風に抱かれて、ある者は海原と同化し、そしてわたくしは大地に溶けて緩やかに眠りの時を待つことになったけれど、遥か昔の契約に従って、祝福を与えられた子供が生まれた。それがあなた――

昔語りは、どこか現実味のない内容だ。現実では起こり得ない事象を話しているというのに、つい聞き入ってしまった。女性の持つ声が音楽的だからだろうか。

「わたしは祝福を持って生まれたの？」

暖かな風が頰を撫でた。是と答えているのだと感じた。

――あなたはルートヴィヒから花を受け取るたびに、この場所に大切に仕舞った。あなたの中に何かを愛する、慈しむ心はないというのに……――

「わたしにも、昔は心があったの？　誰かを愛することができていた？」

――ええ、そう。あなたはルートヴィヒを深く愛したから、彼のためにあなたが持つ祝福の力を発現させることができた。それが契約だったから――

フォルティーナにも誰かを愛する心が存在したのだ。

思わず自分の胸に手を置いていた。人は、この辺りに心を持つのだという。でも、今の自分のここは空っぽだ。

「ルートヴィヒ殿下を愛した心はどこへ行ってしまったの？」

質問の直後、フォルティーナの背中に風がまとわりついた。温かい。ふと、いつだったかルートヴィヒに抱きしめられた時のことを思い出した。

――過去にあなたと同じように祝福を持って生まれたいとし子たちは、愛する者に裏切られた。わたくしのいとし子たちに命を救われた彼らは感謝を忘れ、愛を忘れ、時には肉体を傷つけた。あの子たちは深い悲しみにくれた――

その声に合わせるように風が旋回する。

ふわりと花々が舞い上がる。

「花たちを傷つけないで」

口を衝いて出た言葉に違和感を持つ。花々が散ってしまうのが嫌だと思ったのだ。どうして。こんな風に胸の奥から何かが湧いて出てくることなど、今までなかったのに。

――古の契約によって祝福を持った子供は生まれてくる。わたくしは、いとし子たちがこれ以上傷つかないように、一つ条件を加えることに決めた。祝福の発現と同時に愛する心を失ってしまえば、わたくしのいとし子たちは傷つかないと考えた――

風がぴたりと止んだ。

空から花びらたちが、ゆらりゆらりと揺蕩いながら落ちてくる。

フォルティーナは両腕を前に伸ばした。風が花びらたちをまとめ、フォルティーナの手のひらの上に載せてくれた。

――だからあなたも愛する心を失った――

かつてはフォルティーナにも心は存在したのだ。

フォルティーナはぎゅっと唇を嚙みしめる。

今の自分は、祝福が発現した時のことを覚えていない。でも、これだけは言えた。あの時の自分は後悔していないのだと。そのことだけは、不思議と理解できるのだ。

――ルートヴィヒのあなたを諦めない強い想いが、あなたの中にこれだけの居場所を作ってしまった――

「わたしは……わたしは……」

はくはくと、唇を動かす。言いたいことがあるはずなのだ。でも、喉から先へは出てきてくれない。そのことが、ひどくもどかしい。

――わたくしは、よかれと思って愛する心を封じてきた。でも……その選択はいとし子たちに委ねるべきだったのかもしれない。あなたは、ルートヴィヒを愛したい？――

「わたしは……ルートヴィヒ殿下が伝えてくれる『愛』がどのようなものか、知りたい」

――わたくしの最後のいとし子。あなたが決めて。この場所の行く先を――

ざあっと風がフォルティーナを押し上げた。

体が宙へ浮く。

――さようなら。わたくしのいとし子――

「あなたは……昔、わたしの夢の中で語りかけてくれた人？」

――あれは祝福の中に宿ったわたくしの思念。今のわたくしとは少し違うわ。最後のいとし子のことが気になって、眠りにつく前に会いに来たの――

「もうあなたとは会えない？」

胸の奥がざわりとした。おそらく彼女の言う眠りは、フォルティーナが毎日とる睡眠とは違うような気がしたから。

――今のわたくしは、もうほぼ大地と同化した。あなたがわたくしを忘れないでいてくれれば、わたくしはあなたと共にあるわ――

慈愛に満ちたその声を最後にフォルティーナはぐんぐんと上昇し、花畑が小さくなった。

フォルティーナはぱちりと目を覚ました。

首を左右に動かす。

先ほどいた場所に似た野原だ。正方形の敷物にフォルティーナはちょこんと座っていた。

そういえば今日は宮殿の外に出かけようと言われ、王都を見下ろす丘の上にやってきていたのだ。

空を見上げると、太陽が天頂から少しだけ西側へ移動していた。

「少し眠っていたようだな。昨晩はあまり眠れなかったのか？」

「ルートヴィヒ……殿下？」

隣に座る青年の名を呼んだ。

彼のはしばみ色の瞳を見つめた時、フォルティーナの金色の睫毛がふるりと震えた。

胸の奥に芽吹いた温かで大切なもの。それをそっと掬い上げる。

わたしがずっと探していたもの。あなたに伝えたいと思っていたもの。

あなたを前にすると世界がきらきらと輝いて見える。昨日と同じはずの世界が、一段と眩しく見えるのだ。

ルートヴィヒが両手の中にあったものをフォルティーナの頭上に載せた。

「あなたに贈ろう。あなたを想う俺の心だ」

いつも聴く彼の声。柔らかな眼差し。あの日から、愛する心を失ったフォルティーナに、彼はずっと愛を届けてくれた。

「愛している、フォルティーナ」

胸の奥に積もった花畑がさわさわと揺れた。

たくさんの花が舞い上がり、フォルティーナの内側から溢れ出る。

「わたしも、愛しています」

いつもしてくれるように、あなたと同じように柔らかな顔を返せただろうか。

ルートヴィヒが目を見開いた。

「フォル……ティーナ……？」

「ずっと愛をくれてありがとう。わたしも伝えたかった。知りたかった。あなたがくれる愛の意味を」

視界が滲む。これは涙だ。できれば今は流れないでほしい。目の前の彼の顔がよく見えない。その代わりにフォルティーナは手を伸ばす。彼を感じ取るために。

「思い出しました。わたしは……ルートヴィヒ殿下を愛していたのです」

ぺたりと触れた彼の頬から、彼の温度を感じ取る。

次の瞬間。

フォルティーナはぎゅうと抱きしめられていた。

「愛している。フォルティーナ」

彼の腕の中で囁いた。彼と同じ愛の言葉を。

本書は書き下ろしです。

王太子《おうたいし》の最愛姫《さいあいひめ》
亡国《ぼうこく》の元王女《もとおうじょ》は隣国《りんごく》で初《はじ》めての恋《こい》を知《し》る
高岡未来《たかおかみらい》

2025年4月5日初版発行

発行者……………加藤裕樹
発行所……………株式会社ポプラ社
〒141-8210 東京都品川区西五反田3-5-8
JR目黒MARCビル12階

フォーマットデザイン　荻窪裕司(design clopper)
組版・校閲　株式会社鷗来堂
印刷・製本　中央精版印刷株式会社

落丁・乱丁本はお取り替えいたします。
ホームページ（www.poplar.co.jp）のお問い合わせ一覧よりご連絡ください。
本書のコピー、スキャン、デジタル化等の無断複製は著作権法上での例外を除き禁じられています。本書を代行業者等の第三者に依頼してスキャンやデジタル化することはたとえ個人や家庭内での利用であっても著作権法上認められておりません。

ポプラ文庫ピュアフル

みなさまからの感想をお待ちしております

本の感想やご意見を
ぜひお寄せください。
いただいた感想は著者に
お伝えいたします。

ご協力いただいた方には、ポプラ社からの新刊や
イベント情報など、最新情報のご案内をお送りします。

ホームページ　www.poplar.co.jp
©Mirai Takaoka 2025　Printed in Japan
N.D.C.913/319p/15cm
ISBN978-4-591-18588-9
P8111400